U0067876

第一部

千奇百怪
寄宿家庭

雪倫湖　著

天空數位圖書出版

序

　　寄宿家庭在國外蔚為風行。寄宿家庭，簡言之就是付費住在當地人家中，共享居住空間。費用包含三部分，包括房租、餐費或交通費。一般是支付房租，其他自理。若是想融入當地食物文化，亦可額外付餐費，月付一次。通常，剛剛到外國的學生旅人，交通也是一大考驗。因此，寄宿家庭提供可以每天接送學生往返學校，再另外收取接送費用。

　　之前曾經到加拿大留學，選擇住在寄宿家庭，雖然所費不貲，但生活多采多姿，留下深刻難忘的回憶。寄宿家庭有很多優點，譬如和當地人生活，除了增進英文能力、融入當地生活，交流不同文化，學習不同習俗，而且如果遇到聖誕節派對或感恩節派對，還能品嘗道地的飲食。因此當時出國時，就決定要住寄宿家庭。

　　當時，身邊的朋友大部分都住在寄宿家庭，聚餐派對時，寄宿家庭的生活永遠是最夯的話題。意想不到的內容、難以想像的抱怨、千奇百怪的經驗和多元有趣的生活。這些故事中有歡笑、有幸福、有驚悚、有淚水，讓人感同身受，陪著笑陪著哭泣。漸漸地，撰寫這本《千奇百怪寄宿家庭》的想法油然而生，因寄宿家庭衍生的故事，躍然紙上。

《千奇百怪寄宿家庭》承載回憶的點滴和豐富的想像。

寄宿家庭真的都是快樂幸福又美滿嗎？

歡迎你，打開這本《千奇百怪寄宿家庭》，徜徉故事海，品味寄宿情。不管是歡樂滿屋、恐怖驚奇、趣味橫生或是現實世界的寄宿家庭，都等待你去挖掘和閱讀。

來吧，一起加入《千奇百怪寄宿家庭》，讓我們一探究竟。

你將不虛此行喔！

目錄

楔子　《留學生故事社》聚會

加拿大

蕭瑟的秋天，詩情的楓葉。

夜深人靜，路上已無人煙。

在近郊的一棟別墅內，燈火通明。屋外秋風颯颯，伴隨著動物的叫聲，令人不寒而慄。

古色古香的建築，人云亦云的傳說，讓這種建築物更添神祕的色彩。

咖啡色的帘幔，湛藍色的地毯，古銅雄偉的大門，高貴典雅的外觀。屋內，充滿維多利亞氣息的擺設。

夜是寂靜的。除了鳥叫和蟲鳴，似乎只聽得到呼吸的聲音。

愛麗絲慢慢的靠近這棟富麗堂皇又帶點陰森氣息的別墅。

她的心跳加速，身體微微顫抖。

恐懼像是螻蟻般慢慢侵蝕她的意識。

是什麼原因，讓一個女孩在這樣淒涼的夜裡，踽踽獨行？

倏地，在她旁邊，腳步聲，非常非常輕。

跟蹤著她的足跡。

愛麗絲毫未察覺。

驀地，那個人加速接近她，手舉起來朝向愛麗絲逼近。

眼見離愛麗絲只剩數步之遙。

突然，一個沙啞的嗓音在黑暗中傳來。

影子開口了。

「愛麗絲，妳來晚了喔！」亞肯說道。

「拜託！誰叫史迪夫把聚會的地點選在這麼偏僻的地方，實在不容易找到耶！」

「是偏遠了點。但是，這棟氣派的別墅可是史迪夫的朋友提供的場地，分文未取，我們要感謝他的慷慨，沒什麼好抱怨的。好了，快進去吧，大家都在等妳了。」

屋內爐火沙沙作響，人聲漸漸鼎沸。

《留學生故事社》每月一次的聚會。

他們是一群年紀約二十歲左右，來自台灣的留學生。組長則是由最年長的史迪夫擔任。

人在異鄉，最怕寂寞，最怕孤獨。離開熟悉的環境，少了家庭的溫暖，連語言都是陌生的。此時此刻，大家需要的就是朋友的扶持和陪伴。有了朋友，生活憑添許多樂趣。

　　因此幾位志同道合，個性契合的學生就在因緣際會下，組成這樣的團體——留學生故事社。

　　這是第一次的聚會。主題是「寄宿家庭」。

　　寄宿家庭在國外蔚為風行。簡而言之，就是寄住在當地人家中。費用包含三部分：房租、餐費和交通費，可以擇一。一般是支付房租，其他自理。若是想融入當地的飲食文化，亦可額外付餐費，月付一次。通常，剛剛到外國讀書的學生，交通是一大考驗。因此，寄宿家庭可再另外收取費用，提供每天往返學校的接送。

　　留學生在國外除了可以住校，或校外租屋之外，寄宿家庭是不啻為一個方便的選擇。

　　遊學或留學的學生，很多人不想住在學校宿舍裡，因為想保留個人的隱私。但是，因為初來乍到，尚未熟悉環境，校外租屋其實不太方便，而且有時也必須一人獨自面對空蕩蕩的房子，孤獨感又會油然而生。於是，寄宿家庭變成一個絕佳的選擇。它多元化的特性，讓人放心、安心、又充滿好奇心。

　　寄宿家庭真的都是正面的嗎？那可不一定！

　　因此，《留學生故事社》將第一次的聚會主題，訂為和大家有切身關係的寄宿家庭，讓大家了解不同寄宿家庭的風貌和情況。

　　這次聚會的規則為：抽完籤後，按照順序，每個人敘述一個寄宿家庭的故事。當每一個人竭盡所能的描述寄宿家庭的酸甜苦辣後，再由大家評選出一位敘述最生動，故事最令人震撼或感動的為優勝者。

　　優勝者可以獲得大家合資購買的禮物。

　　每一個人摩拳擦掌，準備將自己最奇怪或是最特別的經歷，向大家吐露。

　　懷著不安、好奇和緊張的心情，大家逐漸安靜下來。

　　咖啡四溢的香味，瀰漫整個大廳。

　　準備好了嗎？

　　第一位先登場的人是——吉娜。

　　她徐徐地開口。

　　吉娜的驚魂記正緩緩流洩。

一、驚魂記

這是所有寄宿家庭的故事裡，結局最讓人意想不到的。

吉娜長得嬌小美麗，容易讓男性有想保護她的心態。

她對別人信任和友善，輕易讓他人有想親近她的欲望。

她對人不設防的態度，讓她交了很多朋友。

然而，這卻也讓她掉入了危險的漩渦之中。

她的寄宿家庭家長，父親杰夫和母親朵莉是一對令人稱羨的愛夫妻。

杰夫四十幾歲，朵莉四十歲，兩人十分恩愛。一有空閒時，常常會一起外出喝咖啡，品嘗美食。每隔幾個月，還會出去露營或旅行。

吉娜加入這個家庭後，兩人咖啡變成三人咖啡。

有時，吉娜因為和朋友有約，無法參加兩人咖啡，杰夫會特意來詢問原因，這種如家人般的關懷，讓吉娜備感窩心。

朵莉的交遊廣闊，常常和朋友聚會，有時家裡只剩下吉娜和杰夫。

杰夫個性活潑又體貼，會利用朵莉不在的時間，帶著吉娜到出走走，讓她認識並熟悉附近的生活環境。

有時杰夫甚至會帶她到其他城市，看看青山綠水，嚐嚐異國美食。

吉娜在杰夫家的生活愜意自在。有著兩人貼心的陪伴，讓她忘卻鄉愁。

夫妻對吉娜，真的非常用心。

例如，電話永遠放在吉娜的房間，讓她自由使用；看電視永遠讓吉娜去選台，大家陪她觀賞；吉娜出門，杰夫會主動接送。

時間像是滾輪，日以繼夜的轉動，很快，吉娜在寄宿家庭已經生活了兩個月。

杰夫總是像對待女兒一般拍拍吉娜的肩膀，有時會給她擁抱。

葛瑞思、寶拉和愛麗絲羨慕極了。

他們自己學習搭公車，有時，甚至還迷路。前面是山，後面是森林，宛如電影裡面的恐怖片。

人在異鄉，如果能受到如家人般親情和關愛，真是令人求之不得，而且能免除空虛感。

杰夫和朵莉均是善良和氣的人。

尤其朵莉，對吉娜照顧到簡直無微不至。

任何的場合，任何的派對，他們總是帶著吉娜一起同行。

雖然杰夫和朵莉的經濟並不富裕，然而他們的生活態度卻是十分積極和樂觀，屋內常常傳出兩人的笑聲。

杰夫每天載吉娜上學。在路上，他總會說說趣聞，讓吉娜聽得樂不可支，英文也進步不少。

有次，吉娜告訴杰夫：「我假日和朋友想要去其他城市旅行三天，所以周末不在家，不用準備餐點。」

杰夫一聽，連忙說道：「我可以載你們到當地飯店，你們就不需要拉著行李箱搭車，太累了。」

吉娜連忙搖手，「不用了，車程起碼要兩小時，這太麻煩了。」

沒想到，杰夫仍堅持開車載他們。

一路上，幽默的杰夫和一行人有說有笑，他甚至還請吉娜和朋友一起吃午餐。

杰夫在他們眼中，魅力值幾乎百分百。他們非常羨慕吉娜寄宿家庭的家長，熱心又慷慨。

完美的杰夫和朵莉，這是吉娜的想法。

感恩節是加拿大重要節日之一。

朵莉為了替吉娜留下特別的回憶，她特別準備了感恩節派對。

火雞從烹煮到上桌，花費了朵莉一天的時間。

香味四溢，讓吉娜的口水直流。

晚餐時刻總算來臨。

望著桌上的火雞大餐、藍莓派、沙拉、馬鈴薯泥、熱狗、冰淇淋，和許多美味的甜食。吉娜簡直不敢相信，朵莉的手藝竟如此之好。

今年，第一次在異鄉過感恩節的吉娜，在人生回憶中留下特別的一頁。

和樂融融的日子維持了三個多月。

突然，不知何時，變了調。

彷彿流暢的琴聲，因為彈錯幾個音，不再悅耳。

幾天前，吉娜發現杰夫越來越在意她的行為，開始覺得有些怪異。

但不擅猜測的吉娜，思考過後，總將疑問拋諸腦後。

「一定是因為最近功課太少，無聊到想東想西。」吉娜點點頭。

吉娜第一次感到對寄宿家庭，產生不快，是因為那件事。

是她想搬離寄宿家庭的導火線之一。

某天，吉娜回家後，發現杰夫正在做運動。

打聲招呼後，她準備上樓。

杰夫忽然叫住她：「吉娜，過來一下，我們聊聊。」

吉娜以為有什麼重要的事情要討論，不疑有他。

杰夫一臉得意地說：「妳看我很強壯吧！」杰夫裸露上身，得意洋洋。

吉娜愣了一下。「什麼？」

他抖動他的臂膀，示意要吉娜評論。

吉娜有些不知所措，點點頭，想要趕緊離開現場。雖然對方大她二十歲，但在未穿上衣的異性前面，她還是有點害羞。

「妳碰一下吧！」說罷，杰夫突然靠近吉娜。

吉娜一開始拒絕，但看著一臉熱切的杰夫，彷彿像個孩子，拗不過他，最後只好快速碰一下。

之後，她趕緊跑到樓上。

可能因為國情不同，文化差異，造成的不協調。

　　在外國，這種碰觸應該不算什麼吧，吉娜思索了一陣子，找出結論。

　　這件事，吉娜並未放在心上，也未和同學討論。

　　隨後，第二件事的發生，開始讓吉娜更加不安且疑惑。

　　周末夜晚，吉娜和朋友聚餐回來，已經是近午夜了。

　　屋內一片漆黑，大家應該已經就寢了吧。

　　吉娜躡手躡腳的邁向二樓。

　　突然，她被一個人撞個滿懷，差點跌倒。

　　隨即，被緊緊抱住。

　　吉娜連忙推開對方。

　　「吉娜，這麼晚才回來啊！」杰夫不悅問道。

　　吉娜一驚，這是第一次杰夫出現不耐煩的聲音。

　　「真抱歉，吵醒你了。因為今天同學生日，一起慶祝，才會回來晚了。朵莉呢？」

　　「她睡著了。吉娜，以後妳要晚回來記得要先跟我報備。」

　　吉娜心中閃過一絲不安。

「杰夫，我先上樓了，要打電話跟史迪夫報平安。」她找個藉口要離開。

杰夫才悻悻將她放開。

吉娜覺得杰夫對她的關心似乎有些過度。

之後，因為期中考的到來，吉娜忙得沒有時間和朵莉及杰夫去喝咖啡。杰夫因為吉娜的未能同行，臉上總一臉冷漠。

有天半夜，吉娜突然驚醒。霎時，她感覺到門外有人，沉重的呼吸聲，隔著房門，聽得清清楚楚，讓她更加緊張。

時間彷彿過了一世紀之久。

終於，她假裝要去喝水，若無其事地開了門。

門一開，映入眼簾的是「杰夫」。

他一臉驚訝的看著吉娜。

她一臉驚恐的看著杰夫。

吉娜嚇到了，他半夜站在房門外，是第一次嗎？

之後，杰夫的行為，讓她更傻眼，他一把抱住吉娜。「吉娜，我擔心妳，所以……」

吉娜用力的掙脫，關上房門並鎖住。

14

這次的經驗，讓吉娜覺得杰夫對她的照顧，已經「太多太多」了。

和朋友討論後，她決定用省房租的名義，要和史黛拉同住，搬離了那裡。史黛拉的父母在當地置產，她很歡迎吉娜和她做伴，可以先住客房。

朵莉知道後，感到非常難過。

她覺得對吉娜用心盡力，結果吉娜學期沒結束，就選擇離開。

然而，朵莉並未因此對吉娜開始冷言冷語，或是態度驟變。善良的她，對吉娜依然十分關心。

這讓心軟的吉娜，頓時覺得難以抉擇。

正當吉娜難已決定之時，杰夫越來越奇怪的態度讓吉娜決定馬上搬走。

星期五晚上，朵莉出外購物。

杰夫以身體不舒服為由，並未和朵莉一同前往。

他已經很久沒和吉娜好好談談。

在客廳裡，吉娜靜靜的看著電視，明天有一項報告要交，內容要和電視節目有關。此時，杰夫突然出現在爐火旁。

爐火一閃一閃，讓杰夫的臉旁更顯得灰暗陰鬱。

「吉娜，最近還好嗎？」

「很好。」吉娜不自然地答道。

「妳最近似乎在躲我？」杰夫朝她走進一步。

「沒有啊！只是要忙著收拾行李，所以比較少和你聊天。」

杰夫的表情一直沒有變化，吉娜猜不出他心裡正盤算何事。

「是嗎？」杰夫再往前。

吉娜連忙起身。「我要寫作業了。」

吉娜假裝視而不見，準備繞過杰夫往樓上前進。

此時，杰夫擋住她。

「我很喜歡妳。」杰夫在她耳邊吹氣。

「謝謝。」吉娜已經不知道要如何回答。

「可是妳要搬走了。」

杰夫今晚異常怪異，似乎喝了酒，行為非常大膽。

「杰夫，我把你當朋友看待。即使搬走了，有機會還是可以保持聯絡啊！」吉娜緊張地說道。

吉娜趁隙，往旁邊繞過去。

杰夫一把抓住吉娜。

他的手緊緊捏住吉娜的臂膀。

「你真的不覺得我很強壯嗎？」

吉娜真的慌了。朵莉去出去購物沒多久，也不可能馬上回來。

「杰夫，放手。」

「不要。」杰夫緊緊的抓住吉娜的肩膀。

吉娜開始試圖掙脫，卻徒然無功。

此時，杰夫大叫：「妳看，我真的很強壯！」

吉娜趁他不注意，用力推開他，跑到門外。

杰夫在背後追著。

此時，朵莉突然出現了。

她因為忘了帶皮包而半路返回。

「吉娜，妳怎麼了？」朵莉關心的問道。

「我……」吉娜不知如何敘述。

朵莉看到杰夫後，一臉狐疑。

「你做了什麼？」朵莉質問杰夫。

杰夫用哀求的眼神向吉娜暗示。

吉娜很清楚，她和杰夫在也不可能恢復像以前那般情誼。

因為杰夫把她當女孩看待，而非女兒。

吉娜不明白，杰夫彬彬有禮的外表，親切和氣的笑容，遇到她後卻常常變了模樣。

也許吉娜的友善，讓人不自覺想親近她吧。

吉娜離開後，仍然和朵莉聯絡，節日時也會寄卡片給朵莉。

因為，她無法忘記，第一天抵達寄宿家庭時，朵莉為了她正努力學習烹煮中國料理，滿臉油煙的模樣。

在異國，有人為了她用心和努力。

那是她一輩子無法忘懷的感動。

一輩子。

二、恐怖夜

一個人，究竟受了多大的挫折，才會變成另外一種人呢？

讓人不勝唏噓。

寶拉之前住宿，但因為申請不到單人間，所以決定換到寄宿家庭住。第一次見到寄宿家庭的父母時，兩人和藹可親的模樣，讓寶拉不禁在心中大叫：運氣真好。兩人慈眉善目，禮貌和氣，看來十分隨和。

寄宿家庭的父親德魯年約五十，慈祥純樸，讓人覺得容易親近。母親艾蜜莉年約四十幾歲，親切溫柔，讓寶拉放下心中不安的大石。

寶拉是個重視個人空間的女孩，她不喜歡被人打擾。

之前她有跟安排寄宿家庭的人表示這點，對方表示會備註說明。

所以，當她知道她的房間被安排在地下室，她感謝他們貼心的安排。她真的很不習慣一出房門，就被人盯著看的感覺。地下室的房間超過十坪，附有個人衛浴設備，標準的大套房，而房間外面右側則是洗衣房。在這樣無人打擾的世界裡，讓寶拉覺得舒服，無拘無束，寶拉非常高興自己能找到這樣合心意的一間。如果沒有意外，她應該會一直住在這裡，直到畢業。

如果，沒有「意外」。

　　唯一不便之處，寄宿家庭的地點較為偏僻，離公車站牌有一段距離，出門都必須開車，走路可能會走到地老天荒。

　　然而因為加拿大本來就地廣人稀，寶拉不會以此抱怨。

　　此時，帶寶拉參觀房間的德魯開口了。

　　「寶拉，以後這個地下室就交給妳囉，沒事的話，我們是不會下來的喔。這樣妳可以保有隱私權，也可以住得自由自在。」他露出溫和的笑容說道。

　　寶拉可是笑得合不攏嘴，她之前聽過不少寄宿家庭的故事，有的嫌房間太小、有的覺得父母嚴格、有的希望有個人衛浴，林林總總。總之，她巴不得馬上能到學校跟同學炫耀她的寄宿家庭囉！

　　一個月後，大家逐漸熟稔，德魯表示想替寶拉辦一場歡迎會。

　　寶拉每天都在強力放送她的寄宿家庭父母和房間，非常完美。當她約大家去參加她的派對時，大家反而興趣缺缺，因為聽太多了反而覺得反感。另外一個原因是，地方真的有點偏遠。

　　寶拉並不以為意，反正大家都是嫉妒她。因為她知道她超讚的寄宿家庭，會幫邀請一堆人替她慶祝。這些同學不來，也不會讓她的慶祝會冷清。

　　然而，事情真的如此順利嗎？

當天，寶拉興致勃勃的打扮，期待著和她在電視上看到的畫面：大家穿著正式服裝，在派對中搖曳生姿。悠揚的音樂，精緻的食物，將派對烘托得更有質感。她穿著新買的洋裝，一邊幻想，一邊雀躍不已的跑上樓。

當她走到客廳時，發現一件奇怪的事情。沒有音樂、沒有客人。一種詭異的氣氛瀰漫空中。客廳裡只有這對夫妻，並無其他的客人，亦沒有任何派對氣息。

她感到一陣錯愕。

「德魯和艾蜜莉，請問一下客人到了嗎？」寶拉勉強露出微笑，不解的問道。

「客人？什麼客人？寶拉，沒有客人啊，我們幫妳慶祝就好了啊！況且這裡荒郊野嶺的，晚上回去不方便，所以我們也就沒約其他人。桌上有點心和飲料，我們來狂歡一下吧。」

雖然寶拉心底有種說不上來的怪異，不過她心想：也對，人家好心幫自己辦派對，已經是算是有心了。有沒有其他人參與，似乎不是那麼重要。

懷著感恩的心情，寶拉渡過了一個怪異又奇妙的三人派對。

這是第一次寶拉覺得這對夫妻的與眾不同。

第二次奇怪事件，在一個月後上演。

在地下室，除了寶拉的房間外，隔壁還有衣物清潔區。寶拉的房門一打開，右手邊就是一台洗衣機和烘乾機。

寄宿家庭媽媽艾蜜莉約一星期清洗一次衣服，平常日她不會無緣無故下來，所以下來地下室的次數是屈指可數。換句話說，地下室可說是寶拉的個人天地。

然而，寶拉卻有種莫名的感覺，總覺得在地下室她除了看過艾蜜莉，似乎還有另一雙眼睛，在悄悄窺伺她的一舉一動。

艾蜜莉每次下來，寶拉都會知道。一聽到洗衣機運作的聲音，她就知道艾蜜莉下來洗衣服了。只是，寶拉總感覺，當她一人在安靜的房間裡，房門外若有似無的雜音，讓她感到十分不安。

「會不會是因為太累了，還是太安靜了，才產生這種錯覺？」寶拉安慰自己。

隨著語言學校課程越來越繁忙，寶拉和德魯及艾蜜莉夫婦交談的時間越來越少，一星期幾乎說不上幾次話。

奇怪的是，德魯卻對她的事瞭若指掌。

這個發現是寶拉無意察覺出來的，卻讓她有種不寒而慄的感覺。

某天夜裡，寶拉趁著閒暇之餘，將衣服分門別類的整理。

「咦，這件藍襯衫原來躲在這裡，害我找這麼久。好吧，明天就穿這件吧！」這件藍色條紋襯衫是寶拉滿喜歡的一件衣服，之前忘了放在哪裡，怎麼找也找不到，這次整理時竟然無意間找到，真是踏破鐵鞋無覓處，得來全部不費功夫哪！

寶拉突然覺得口渴，於是她放下襯衫，準備上樓去廚房喝水。

當她喝水時，眼角餘光發現一個人影。

門後有人，是德魯嗎？

「德魯，還沒睡啊？」奇怪，他躲在那裡幹嘛？

「嗯。」德魯若有所思的看了寶拉一眼，繼續說道：「寶拉，有件事情想告訴妳。」

「請說！」

「女生不要太邋遢。妳那件藍色襯衫有些皺摺，要熨燙一下再穿。還有，鈕扣少了一顆，記得縫上！」德魯的眼睛在微光中，顯得晶亮。

「謝謝，我會的。」寶拉順口回答，轉過身再倒一杯水。德魯真得是非常細心，連這種小細節都注意到。

背對著德魯的寶拉突然覺得背脊一陣發涼。

她腦還中閃過一件事。不對，德魯如何知道襯衫的事？

　　她剛剛才找到那件藍色條紋襯衫，亦是她唯一的一件藍色襯衫。來加拿大後，因為找不到，所以從來沒穿過那件衣服。那麼，德魯從何得知『它』有皺摺呢？而且連鈕扣少一顆，他也知曉。

　　為什麼？難道是剛剛德魯有事找她，到她房間正好看見那件襯衫呢？

　　不可能！從她房間到廚房不過幾秒鐘時間，唯一的通道就是樓梯，這中間她並沒有聽到任何的腳步聲。

　　除非他會飛。

　　寶拉知道德魯正在她背後，她竟沒有勇氣回頭。腦筋一片紊亂，思緒無從整理。

　　德魯的話再度響起。「記住，襯衫要熨過才會好看。」

　　寶拉無力回答。

　　「如果妳沒空，我可以替妳效勞，我時間很多呀，呵呵。」德魯突然冷笑。

　　之後，他的笑聲隨著腳步聲慢慢遠離。

　　不安的寶拉趕緊回房，將門鎖上。

寶拉大而化之的個性，馬上說服自己，德魯可能只是隨便說說的，不然就是自己英文程度太差，誤會他的意思，自己太大驚小怪了吧！

　　對，一定是這樣！寶拉連忙說服安慰自己。

　　她很想跟同學討論這件事情，可是之前因為她誇張過頭，反而拉不下臉來，讓自己難堪。

　　這種不解的謎題，讓她越來越緊繃。

　　不久，第三件怪事發生了。

　　趁著周末夜晚，寶拉特地撥電話和好友葛瑞思閒聊。女孩子的話匣子若打開，那功力可真不容小覷。

　　「葛瑞思，妳跟湯姆是真的在一起嗎？」

　　「對啊。湯姆體貼又溫柔，實在沒什麼好挑剔的。像妳這麼會挑的人，很難找到心中的白馬王子。」

　　「我是寧缺勿濫！」寶拉笑答。

　　兩人妳一言我一語的抬槓，時間悄悄的過了一個小時。

　　「有點累了，我們今天聊到這裡。」

　　短暫的沉默，讓屋內變得安靜。

　　突然，寶拉聽到門外有人走動的聲音。

「葛瑞思，妳先不要說話。」

「怎麼了？」寶拉的聲音有些嚴肅，讓葛瑞思不解。

寶拉心想會不會是聽錯了，於是她靠近門邊再聽一次。

果然有聲響。

她看看手錶，已經快十二點了。奇怪，這個時候，大家應該已經就寢，怎麼會有聲音，該不會是什麼不速之客吧！

「葛瑞思，妳等一下，我好像聽到屋外有聲音耶！」寶拉的聲音流露出恐慌，畢竟地下室只有她一人獨處。

「會不會是妳聽錯了？」葛瑞思也緊張起來。

「我也希望是。但是我剛剛的確聽到腳步聲。等等，我偷看一下好了。」

「好，電話先不要掛，有問題妳趕緊大叫！」葛瑞思變得有點擔心。

寶拉慢慢地將門打開一個縫隙，她倒抽了口氣。

眼前出現的人，她再熟悉不過了。

她的寄宿家長──德魯，正悠閒地坐在樓梯上，臉上露出一種沉醉之情。

他在偷聽嗎？他聽得懂嗎？不可能啊！

難道有事要找她？但為何他在這樣寂靜的夜晚，靜靜的坐在這裡，而不敲門找她呢？

　　德魯雙目緊閉，嘴角露出怪異的微笑。

　　趁德魯沒看見她，寶拉想趕緊把門關起來。

　　「寶拉，妳和朋友聊得很愉快喔！」正當寶拉想要靜悄悄的將門關上，門外突然傳來德魯有些沙啞的聲音。

　　寶拉回答道：「對……對啊。」寶拉被突如其來的聲音嚇得無法回應。

　　「怎不繼續說呢？」德魯面無表情的盯著她。

　　「你聽得懂嗎？」

　　「當然不懂！」德魯搖搖頭。

　　寶拉一頭霧水，正想問他在夜深人靜之際，為何會在此時，突然想到，這樣問會不會激怒他呢？於是改口說道：「我朋友還在線上，我要跟她說晚安了。」

　　「我只是想感受你們的笑聲和甜美的聲音。唉，站在門外太久了，腰還有點酸，才剛坐下來，就被妳發現了，下次別講這麼久了，呵呵。」德魯的笑聲，在她聽起來，變得顫慄不已。

　　原來他在外面已經聽了這麼久了。真慶幸他聽不懂中文，否則她之前講了一些抱怨德魯的話，全部傳到他耳裡，恐怕很難解釋，也會很尷尬。

　　然而，自從那件事後，寶拉已經無法在自我安慰。隨著寶拉的特意觀察，德魯的行為愈來愈無法解釋，無時無刻出沒在寶拉的四周，讓她產生一種無形的壓力。

　　原本以為找到一家很優的寄宿家庭，然而她發現她好像錯了。

　　究竟，德魯發生了什麼事，讓他的行徑愈來愈異。原來親切慈祥的人，竟然會變成一個行為怪異的人。

　　之前德魯的老實和純樸，明顯可以感受到他的善意，絕對不是裝的。只是，這幾個月，是不是遇到麻煩還是壓力，讓他變成另外一個人。

　　幾天後，聽艾蜜莉談到德魯，才知道這些日子德魯莫名奇妙的行徑，原因為何。

　　德魯忍讓謙和的個性，讓他在工作上常常吃虧。他原本抱著不與人計較，什麼事都默默承受。然而他的退讓，反而讓同事更加得寸進尺。在工作上無故欺壓，出言不遜，德魯只能不斷壓抑脾氣。

人都有脾氣，不久前，德魯同事再度挑釁，最後兩人爭執，最後德魯氣不過辭去工作。

寶拉心底產生了同情和不安。

但因為前幾件事的發生，她之前已經向學校反應她無法適應這個家庭，希望能夠轉換環境。

所以，德魯這一兩天應該會接到學校的通知，應該會找她談談不適應的真正原因為何吧！

該怎麼做呢？

寶拉畢竟還是個不到二十歲的女孩，她決定壓住同情，好好的和德魯溝通她將要搬出去的事情。

可是，她還是有些害怕。

只是沒想到，德魯的反應比他想像中的平靜，讓寶拉擔驚受怕的心，頓時覺得舒坦許多。

「寶拉，妳真的決定搬出去嗎？」德魯毫無情緒地問道。

「對啊。我朋友邀我搬過去和她一起住。」寶拉撒了一個善意的謊言。

德魯突然嚴厲的說道：「說謊！妳跟學校好像不是這樣說的喔！」他的目光變得銳利。

面對他突如其來的詢問，寶拉竟然一時語塞。

兩人之間出現幾秒的沉默，寶拉再度開口。

「德魯，真的很抱歉，我必須這麼做。」寶拉覺得自己還是要向德魯道歉，畢竟她一旦搬出去後，這個家庭就少了一筆收入。對德魯而言，的確是很大的影響。

「寶拉，這不怪妳。畢竟妳有妳的自由。」暴怒的德魯突然又變得理性。

這種一百八十度的轉變，讓寶拉不知所措。

德魯說完後，眼神瞬間閃過一絲的寒意。

只是寶拉並未注意其變化。

爾後，學校會在一星期內找到適合的寄宿家庭，會通知寶拉搬走。

所以，她開始收拾行李，將一些暫時用不到的衣服和物品，整整齊齊的擺入行李箱內。

那天和德魯談完後，他不再莫名奇妙出現在她的身旁。

寶拉的神經亦不再緊繃。

直到某天晚上。

寶拉遍尋不著她的護照。

這麼重要的證件，竟然回不翼而飛。

她著急如熱鍋上的螞蟻，萬一真的不見，麻煩可就大了。

好不容易整理好的衣物，被她翻得亂七八糟。

「寶拉，妳在找什麼？」德魯親切的聲音傳入寶拉的耳裡。

不知何時，德魯已經悄悄出現在她身邊。

寶拉緊張地答道：「我的護照不見了。」

「哦，是不是這個？」

德魯搖搖手上的護照。

「對對對，你在哪裡找到的？」寶拉開心地問道。

德魯的嘴角露出微笑。「在妳皮箱裡面！」

從皮箱裡拿出來，這麼說來，它是被德魯偷偷拿走的。

「什……什麼？你為什麼要偷走它？」寶拉簡直不敢相信，德魯竟然會拿走她的證件。

「為什麼？寶拉，妳不覺得這個問題很好笑嗎？當然是不讓妳離開啊！沒有護照，看妳怎麼在這裡待下去！像妳這種壞心眼的人，需要被教導，哈哈哈！」

德魯洋洋得意的笑著離開，順便將寶拉的門由外面鎖上。

「開門啊！你不可以這樣！德魯──」

任憑寶拉如何喊叫，地下室除了她一人，已無其他人。

艾蜜莉？

對啊，此刻她才發現她已經很久沒看到艾蜜莉了。

難道？電視上的社會新聞不斷在她腦中出現。

天啊，該怎麼辦？！

因為不停敲打著門，手變得紅腫；因為大聲吶喊，聲音都變啞了。

終於，寶拉累了。

孤立無援情況下，她整個人累垮，無力的倒在床上，突然發現她竟然壓到了一樣東西。

「唉呦！」她爬起來一看，是那具無線電話，剛剛她正好打電話問同學功課。

寶拉急忙打電話給史迪夫求援。

不久，她聽到警笛聲出現在門外。

寶拉急忙敲著門，試圖讓樓上的人聽見。

她聽見德魯正大聲咆哮。

隱隱約約，只聽見德魯不停否認。

糟糕，寶拉深怕他們離去，再次敲打房門。

她側耳傾聽，聽見吵雜聲逐漸逼近。

最後，警察用強制的手段，打開大門，將寶拉帶離這個曾經給她溫暖的寄宿家庭。

被警察扣住的德魯，仍不停的大叫。

「寶拉，我不是故意的，請妳回來！」

隨著警車的駛離，寶拉才漸漸不再害怕。

只是，在安心的同時，她的臉頰，流下複雜萬分的淚水。

此時此刻，她分不清楚，是高興，還是悲傷。

只覺得在溫暖的春季，心卻有些微涼。

寶拉被安排在新的寄宿家庭，這個寄宿家庭房間雖然小，但是寶拉已經不是那麼在意了。

新的寄宿家庭爸爸叫湯米，媽媽叫潔芮，還有他們的兒子喬納森，三人對寶拉都很好。

時光飛逝，歲月如梭，漸漸的，寶拉已經忘記德魯了。

某天，潔芮和喬納森去參加朋友的生日派對，家裡只剩下湯米和寶拉兩人正吃著晚餐。

「寶拉，妳還記得德魯嗎？」湯米突然問道。

「記得啊！」聽到這個名字，有點熟悉但又有點不安。

但是，湯米應該不認識德魯啊，為何突然提起他。

「妳知道他後來怎麼樣了？」湯米笑著問道，但是眼神卻是冰冷。

這爸爸還真八卦，連這些事情也要問。

「不知道。」寶拉搖頭。

「想知道嗎？」

「不想。」

「是喔，真無情！」湯米突然冷冷地望著她。

「湯米，妳怎麼會知道德魯的事情呢？」寶拉突然問道。

「妳不知道嗎？」湯米慢慢靠近她。

「知道什麼？」寶拉發現慈祥的湯米，突然變得有點可怕。

「德魯是我表哥。呵呵！」

難怪，難怪這笑聲如此熟悉，似曾相識。

寶拉終於找到答案。

外面的風呼嘯而過。

三、寵愛篇

寵愛是好事。

只想對你寵愛，這算愛嗎？

但如果對象不對，會變成是錯愛。

爽朗的凱希，和寄宿家庭爸爸艾恩一見如故。

這卻是造成事端的開始。

凱希個性大方活潑，為人豪爽，交友一向不分男女，很容易和人打成一片，也容易和人產生感情。

初次見到寄宿家庭的雙親艾恩和海倫，凱希的心中有些訝異和高興。她原以為會是中年夫婦或是白髮蒼蒼的老人家。

未料竟是一對大她不到五歲的年輕夫婦。

而且，是一對俊男美女組合的佳偶。

艾恩，一頭棕色微捲的頭髮，碧藍色的雙眸，高挑的身材，配上迷人的嗓音，讓凱希的心中猶如小鹿亂撞一般，亂了呼吸。

不過，只是單純欣賞帥哥，別無其他想法。

這應該就是一見如故吧。

使君有婦，尤其對方是友善的寄宿媽媽海倫。

　　於是，她將心中這股難解懵懂的情愫化為兄妹情，告訴自己不要胡思亂想。所以，她心中從不曾有過其他的想法。

　　然而，感情的事情，如果真的可以控制，世界上就不會有人為情所苦了，不是嗎？

　　隨著時光飛逝，凱希和艾恩變得愈來愈熟，無拘無束的相處下，開始展開稱兄道弟一般的情誼。

　　凱希的英語不錯，而艾恩又是老師，有耐心又有禮貌，常常指導凱希的英文。當他耐心的聽著凱希的英文時，他晶亮的眼神，有時會讓凱希的心中出現淡淡的喜悅。

　　朋友發現凱希的話題，常常繞著艾恩轉，也許她自己並未發現，但是敏感的人，很容易察覺一絲的不對勁。對於朋友的詢問，凱希總以哥兒們帶過。

　　艾恩是個盡責的寄宿家長，他帶著凱希到處認識環境。咖啡廳，市立圖書館，名品街處處可見他們漫步的足跡。

　　「凱希，妳以前住的地方有很多咖啡店嗎？」艾恩喝著黑咖啡問道。

　　「有啊。琳瑯滿目，如果你以後有機會可以來找我，我一定盡地主之誼，帶你到出玩，誠如你現在帶我到出認識環境一樣喔。」凱希發自內心地說道。

突然，她意識到，如果她畢業後回家，就很難和艾恩再見面了吧？

感傷突然蔓延，她頓時沉默了。

「怎麼了，為何突然不說話？」艾恩擔心問道。

這種事要怎麼解釋，凱希若無其事的搖頭。艾恩不再逼問，只是深深的望著她，似乎了解她的感受。

艾恩除了外表帥氣，他的細膩，也是迷人之處。

其他來自寄宿家庭的朋友，十分羨慕凱希有這樣迷人的寄宿家長。尤其對方高大又帥氣。對於他們杭瀣一氣，喔不是，是「亦師亦友」的情誼，都覺得難以置信，紛紛覺得凱希很幸運。

然而細心的芬妮卻看出端倪。站在好友的立場，她覺得她有必要提醒凱希的行為。

某天，芬妮邀請凱希喝著咖啡，聊到天色漸暗。

兩人無所不談，除了對艾恩的感覺。

突然，芬妮單刀直入的提出她心底的疑惑。

「凱希，妳跟妳艾恩似乎太好了？」

「當然。他對我總是噓寒問暖，照顧有加。」凱希的表情變了一下，隨即假裝若無其事的回答。

當然，芬妮未錯過她瞬間的不自然。

「可是妳對他不也是充滿關懷。妳的直率和暴躁，在他面前都變得溫柔婉約。難道，妳不覺得這樣的轉變有些奇妙嗎？」

芬妮畢竟已經有男友了，因此，對於男女的曖昧，她輕而易舉的嗅出一些蛛絲馬跡。

「芬妮，妳想太多了。我跟他只是好兄弟，好朋友，一點其他的感覺都沒有啦。」

「是嗎？可是妳沒發現妳每次和我們聊的話題都是艾恩？」芬妮不以為然。

「因為我和他相處時間比較久啊！」凱希尷尬的解釋。

「那你寄宿媽媽海倫呢？妳幾乎從來沒提過她。」

「因為沒話題啊！」

芬妮一針見血道：「不是因為潛意識逃避嗎？」

凱希的臉頓時變得蒼白。

「芬妮，如果妳今天是要探我隱私的話，我想我們沒必要再聊下去了。」

「我只是提醒妳一些事情，聰明的妳應該知道我的意思。」
芬妮見凱希的表情驟變，對這個話題有些不耐，知道她刺蝟的
性格又出現了。芬妮因此識相的開始另一個話題。

　到了晚上，凱希竟然失眠了。

　在床上，她反覆的思索芬妮今天對她說的話，她越想越煩
躁。

　她知道芬妮的意思，只是這種奇特情感已經連自己都無法
分辨。

　是啊，她和艾恩常常會很有默契的大笑，很有默契的做同
一個表情，海倫對於他們突如其來的開懷大笑，都丈二摸不著
金剛。

　只是靜靜冷冷的，看著兩人的行為，然後默默的做自己的
事。

　是啊，艾恩會記得她喜歡的食物、喜歡的電影、喜歡的偶
像、喜歡的嗜好，總會三不五時的遞上小小心意。艾恩會記得
凱希喜歡的明星，和她討論。怕凱希迷路，還自告奮勇的載她。
這些窩心的舉動，在爽朗的凱希心底，的確掀起一陣不小的漣
漪。

　因為，家中只有她一個孩子，她一直渴望有個哥哥來呵護
照顧她。

只是，她真的只把寄宿爸爸艾恩當成哥哥嗎？

恐怕連她自己都無法肯定。

突然，門外傳來敲門聲。

「凱希，妳睡了嗎？」是艾恩低沉的聲音。

「還沒。」凱希趕緊跳下床替他開門。

艾恩笑著說：「凱希，這是我下午去逛街時買的，我記得妳很喜歡米奇。」

凱希接過他遞來的玩偶，內心感動無以復加。

眼淚不受制的撲簌掉下。

艾恩永遠無法體會為何凱希的反應會如此感動。

凱希之前的男友笑她幼稚，從不肯買米奇玩偶送她。即使情人節，依然只送他想送的物品。

即使凱希表示她希望收到米奇的禮物，換來只是他的無法理解。

一直需要被關愛的凱希，竟然被一個米奇玩偶給征服了。

一見到凱希的淚水，艾恩慌了。

「妳怎麼了？」

凱希笑笑。「我太感動了！真的太謝謝你了。」

凱希忍不住興奮，大力的抱住艾恩。

在她心底的某處，一種沒有兄弟姐妹的遺憾，悄悄的被艾恩體貼溫暖的心思給撫平。

這種感覺已經非關男女之情，而是手足之誼。

凱希此刻赫然發現，對於艾恩當時一見傾心的感覺，原來只是一種錯覺。她對艾恩的感覺，其實是一種親切感。此時，這份感情已經昇華為親情，再也無其他亂七八糟的想法。

凱希高興地發現自己的體悟。

只是，似乎太遲了。

海倫在附近，清清楚楚看到這一幕。

然而，她只看見凱希主動抱住艾恩，卻不知原因。

她的眼睛蒙上一層陰影。

太過分了，凱希真的太過分了。

對於凱希，她已經無法再以妹妹一般看待。

之前，海倫一直努力的說服自己，他們感情只是比一般人還要來得好罷了，絕對沒有任何其他情愫存在。

44

現在，事實擺在眼前，海倫必須跟凱希好好談一談了。

再隱忍只是造成不必要的傷害。

海倫一直等待她和凱希兩人獨處時間的機會。

心中的疙瘩，讓她對凱希的態度越來越冷淡。

終於，在星期天，她找到獨處的機會了。

星期天早上，艾恩和朋友去打籃球。

趁著艾恩外出，海倫馬上找凱希聊聊。

「凱希，我一直把妳當妹妹看，妳應該很清楚吧！」海倫喝了一口檸檬汁，語氣冷冷地說道。

凱希發現海倫眼中的怒氣，平常善意眼神已不復見。「我也把妳當姐姐一樣看待啊！」

「既然這樣，妳為何對艾恩產生不一樣的感情？」

「海倫，妳誤會了啦！其實我們……」

「兄妹之情嗎？不要再拿這當藉口了。我一直覺得你們很投契，但自從那晚你們擁抱彼此後，我才發覺妳看艾恩的眼神不同。我是女人，我很清楚那代表何種含意。」海倫的表情始終保持冰冷。

她刻意的保持距離，讓凱希備感受傷，也牽起一絲潛藏在心底的內疚。也許，在她未理清感情之前，海倫就已經察覺並誤會了。

　　「海倫，我很抱歉我讓妳難過。可是，妳真的誤會了。」

　　「凱希，也許我誤會妳了。然而，我無法看你們嘻笑打鬧而置身事外，我無法看見艾恩花太多時間在妳身上，妳了解嗎？我再也無法忍受妳住在這裡。所以，希望妳搬出去！」

　　凱希不敢相信，她喜歡的海倫竟然開口要求她搬走。這的確傷害到凱希的情感。

　　她壓抑內心的情緒說道：「如果我不搬呢？」

　　「我只好說我們『曾經』是朋友。」海倫堅定，緩緩答道。

　　她用了曾經兩字，很明顯的意味，若是凱希不搬，兩人就等於連朋友都做不成了。

　　也許搬出去也好吧！至少能讓海倫原本幸福甜蜜的婚姻，不會因為她而蒙上陰影。也許，這是最好的選擇。

　　「海倫，也許妳對我有所誤解。但我仍要告訴妳一件事。我一直很喜歡妳這個朋友，我也很慶幸妳是負責我的寄宿家庭人員。相信我，我是喜歡艾恩，但那是一種親情的喜愛。」凱希表情真摯的說道。

海倫點了點頭。「如果妳搬出去，我會相信妳。當然，也請妳原諒我的自私。」

凱希別無選擇，她只好點頭答應。

星期天的晚上，凱希跟艾恩胡謅一個搬出去的原因。

艾恩非常驚訝和感傷，不敢相信。前一刻兩人還開懷大笑，下一刻卻分道揚鑣。

凱希何嘗不是。

「凱希，我們相處如此融洽，妳為何要搬走？」

「因為那裡離學校比較近，又便宜。所以，我只好對你們說聲抱歉了。」凱希不敢直視艾恩。

她完全沒有提到海倫曾跟她聊過的事情。

最後，艾恩表情凝重的對她說：「不管如何，以後一定要保持連絡。」

這幾天，海倫重拾對凱希的關愛。

她輕輕的對凱希道謝，因為她知道凱希完全沒有將她牽涉其中，讓艾恩不會對她發脾氣或誤解。

凱希心中非常不捨得。

這幾天，她常常想如果當初跟艾恩保持距離，現在海倫對她是否就會另眼相待呢？

　　只是，一切都只是臆測。

　　事實仍是事實。

　　一星期後，學校替凱希安排新的寄宿家庭。

　　和凱希道別的早上，艾恩和海倫的眼眶都紅了。

　　一個是「快樂的紅」。

　　一個是「難過的紅」。

　　凱希壓抑心中的難過，向他們強顏歡笑。

　　她的心中曾經幸福過，因為艾恩的存在。

　　艾恩對她的寵愛，就讓她永遠珍藏，停留在最美的時光。

　　被人寵愛過的感覺，很美好。

　　真的。

　　凱希看著年約五十，新的寄宿家庭爸爸，點了點頭。

　　因為凱希這次在對寄宿家庭的要求上，特別附上一行字：

　　　寄宿家庭的家長要超過五十歲。

四、搬家記

外國留學，住在寄宿家庭的人，如果住的不滿意，會要求更換。學生主動要求換寄宿家庭比較多，原因很多元化，並沒有誰對誰錯。譬如生活習慣強烈不同、文化差異無法融合，或者是個性真的大不同等等。之前聽說過幾個學生要求換寄宿家庭的故事，有些是學生真的太吹毛求疵，有些則是因為寄宿家庭過於嚴格，還有更多讓人傻眼的原因。

曾經有個同學換寄宿家庭的原因是，home 媽太情緒化。前一秒還笑著與他聊天，下一秒突然間變臉，拂袖而去，讓他不知所措，以為自己說錯什麼話，只好默默飄回房間。本來以為只是一兩次的擦槍走火，後來這種情形越來越頻繁，後來他發現，問題不在他身上，而是 home 媽對家人亦是如此。雖然她知道自己情緒化，卻很難控制。還有一個是因為寄宿家庭的派對太多，讓這位同學無法專心讀書，尤其家中常來一些陌生人，真的讓人不習慣，甚至有人敲錯門，讓他不堪其擾。

自詡為 party animal 一員的亞肯，反而想要換到這個寄宿家庭，因為他太喜歡參加這種鬧騰又歡樂的聚會。

所以，很多時候，寄宿家庭的更換，並非某方面有問題，或者是因為彼此無法找到平衡點。當然，不排除一些無理又荒謬的原因。

　　當我們聽到史迪夫的故事，大家對自己的寄宿家庭，突然覺得樂觀許多。他竟然在短短幾個月內，已經搬了三次寄宿家庭。

　　這種情形其實很少見，搬家不容易，而且通常如果不是真的無法忍受，很少寄宿家庭會提出請對方搬走。畢竟，這筆費用是長期，而且不少。

　　所以，史迪夫的搬家史，真的讓人太好奇了。

　　史迪夫在我們留學生中的人緣不錯。

　　他為人直率坦誠，隨和健談，因此聚會中常常見到他的身影。他有一項特質，就是開得起玩笑，所以和大家相處頗為融洽。

　　生活中頗受歡迎的人，卻在寄宿家庭中，慘遭滑鐵盧。

　　他一定是做了什麼「不得了」的事，才會接二連三的「被搬家」。

　　彷彿現代版孟母。

　　孟母三遷是因為想讓孟子受到良好教育，相信接近好的人或事，才能養成良好習慣！但史迪夫三遷剛好相反，他是被寄宿家庭要求遷出。

　　而且第四次極有可能為時不遠矣。

史迪夫搔搔頭，連他自己都不明白，究竟是哪個環節出了錯，是言語中不小心得罪對方，還是行為上讓人不滿，導致他要一搬再搬。

　　他和三個寄宿家庭的故事，隆重登場。

第一個寄宿家庭

　　史迪夫出國後，一心想體驗寄宿家庭生活，因為和外國人住對於語言學習幫助很大。另外一方面又能融入當地生活，了解文化，才有出國的感覺。

　　抱著如此正面積極的想法，史迪夫住進了第一個寄宿家庭。

　　開始一家人對他殷勤有禮，大家禮尚往來，和樂融融。

　　某天晚上，當寄宿媽媽瑪莉敲門請史迪夫出來吃飯時，史迪夫在房內回答不餓。

　　他剛剛在房間吃完零食，以致於不想吃晚餐。

　　有時候，史迪夫也會因為打電腦，戰況正激烈時，而延遲吃晚餐。

　　等他想吃時，瑪莉早已將晚餐放入冰箱。望著冰冷的食物，史迪夫只好作罷。

　　到了深夜，他覺得饑餓難耐，於是把桌上的吐司吃了一半，外加塗了一堆藍莓果醬。完全沒有顧慮到其他人要吃早餐，可能會不夠的問題。聽到此，我腦中浮現：他把家裡的習慣，原封不動的搬到另外一個新家。然而，親人可以容許你這種習慣，不代表其他人會接受。幾次後，別人會產生不滿。

　　這種情形發生了幾次後，瑪莉對史迪夫開始冷淡。

　　後來，瑪莉和史迪夫溝通，希望史迪夫能按時吃飯。因為他常常在晚上省略晚餐，卻在半夜吃掉吐司，如此一來不但浪費晚餐，早餐的食物往往會不夠。

　　史迪夫心中嘀咕，因為瑪莉的手藝不佳，才會讓他不是很想吃晚餐。

　　但因為這一個事件後，史迪夫對於瑪麗開始產生反感。

　　很多小到不能小的矛盾，有些甚至能一笑帶過，卻在他們之間變得格外刺眼，衝突漸漸浮上台面。

　　在校園內，史迪夫開始常常抱怨他的寄宿家庭。

　　史迪夫只是想讓人知道他受了委屈，並沒有其他陰暗的想法，或是想要換寄宿家庭的打算。

　　有一天，當學校詢問大家有何問題時，史迪夫對於發生過不愉快的事，如數家珍，娓娓道來。

他的目的單純，只想讓學校了解，他並沒有錯，希望學校能和寄宿家庭好好溝通。學校為了保護學生權益，聽完後都會向寄宿家庭求證，希望能協助解決問題。

結果導致瑪莉覺得莫名奇妙。

或許在她眼中，這些都是無聊的小矛盾，沒想到史迪夫竟然如此在意。

瑪莉對於他，更加不喜愛了。

兩人維持不講話的冷戰，半個月後，瑪莉跟學校要求，如果史迪夫住的不樂意，可以隨時搬走，剩下半個月的住宿費她願意退回。

史迪夫瞠目結舌，他並沒有搬走的意思，只是希望瑪莉能夠改變態度。結果，他被「請」走了。

聽完後，大家哄堂大笑，因為這可能是少數中被寄宿家庭「請走」的學生之一。

最後，史迪夫揮揮衣袖，不帶走一片吐司。

因為——

他在離開前一晚，把桌上的吐司全部吃光了。

第二個寄宿家庭

史迪夫充滿期待。

這一次,他謹記教訓,盡量和大家一起共進晚餐,除非要外出。

抱怨的行為也減少了許多。

從此,史迪夫和寄宿家庭過得幸福快樂的日子嗎?

沒有!

新任寄宿家庭依舊對他冷淡。

奇怪,史迪夫想破頭也無法理解,究竟這次他又犯了什麼錯誤?

原來,史迪夫的嘴巴有時候異常誠實,有時甚至誠實到讓人無言又尷尬。

他常常不加思索的把實話說出來。

因為彼此熟識,朋友間習慣他如此,不以為杵,但不代表其他人也能接受他這樣的說話模式。

史迪夫代表作如下:

有一次，寄宿家庭媽媽珍妮穿了一件洋裝，興高采烈的在鏡子前欣賞並自我陶醉。

一見到史迪夫，她隨口問道：「這件洋裝如何？」

史迪夫答道：「很好。這件洋裝我看過，現在正打折，很便宜喔。好像不到二十元吧！」

珍妮的臉上頓時出現三條線，烏鴉在空中飛過，並叫了三聲。

「呃，那個，史迪夫，我是指穿起來感覺如何？」珍妮再問一次。這次她還特別把問題說清楚。

「我覺得太小，感覺妳有點豐腴。珍妮，我發現妳買的衣服好像都有點小耶！」史迪夫有時忘了給人留餘地，因為他自認為實話實說才是對的。

果然，珍妮的臉一陣青一陣白。

史迪夫未注意到珍妮的臉部變化，還自顧地說著：「其實，衣服買小一點，欺騙自己以為穿 M 號或 S 號，是一種錯誤的想法。珍妮妳應該要多做一些運動，才能慢慢變得苗條。」

史迪夫一針見血的言論，讓人十分吃不消。

重點是女人很忌諱別人說她「胖」。

珍妮下定決心不再問史迪夫意見。

這樣只是讓她心情不好罷了。

當然，珍妮的丈夫史恩也難逃史迪夫的毒舌。

某次，史恩西裝筆挺，繫上朋友送的名牌領帶，神采奕奕的準備參加公司會議，結果吃早餐時，史迪夫緊盯著他的領帶看。

伍迪本想假裝沒看到，他可是領教過史迪夫的「評論」，知道他的厲害。

沒想到，史迪夫主動開口：「伍迪，你的皮帶好像太緊了。肚子……」他一邊說，還一邊摸摸指著對方的腹部。

伍迪倒吸了一口氣，他走了時都已經故意縮腹了，還是被他指出來。

「不是皮帶緊，是我肚子大，可以嗎？」伍迪沒好氣的說著。

「抱歉，我只是說出我看到了。還有你的領帶顏色和西裝不搭配，黃色配綠色，很像西瓜。」史迪夫又不小心說出他的看法。

「謝謝誇獎，我喜歡西瓜。」伍迪沒好氣地回答。

連和他一起住在寄宿家庭的韓國人宋彬，也對他敬而遠之，保持距離。史迪夫記得，剛開始住進來時，宋彬對他很熱情，

常常和他聊天，並帶他去超市或購物中心買東西。只是，不到幾天，宋彬突然疏遠，看到他都是微笑點頭，鮮少和他多說幾句。史迪夫或許在某些時刻傷害到對方，只是他未曾察覺，或是根本不知道自己說錯話。

諸如此類的戲碼不斷上演，史迪夫在寄宿家庭的地位，越來越堪慮。

同學小米曾經勸過他，講話時要先衡量輕重，但史迪夫總以為每件事都要實話實說，才能堂堂正正，沒必要為了討好他人，而捏造謊言，即使是善意的。

實話實說是美德，可是史迪夫的世界裡都是以負面評論居多，所以他的實話讓人膽顫心驚，只是他個人並未發覺罷了。

這種說話不經大腦的性格，終於惹惱了寄宿家庭。

在某個月黑風高的夜裡，一臉慘白的珍妮請他到客廳，有事情要討論。

面對如此嚴肅的珍妮，史迪夫有點不知所措。

這次，珍妮也跟他實話實說。

「史迪夫，你是個誠實的孩子。我很贊同誠實這件事情。然而，你的話語常常傷害了我們。你的言論，對我們和諧的家庭，產生了一種負面影響。所以，我想，我也要對你實話實說，

58

我們和你可能不適合居住在同一屋簷下。抱歉，史迪夫，請你另找寄宿家庭吧。」

珍妮內心的話說完後，臉上出現一種如釋重負的神情。

史迪夫驚訝地望著珍妮，囁嚅地說道：「如果我搬走，你們就少了一份收入耶。你們有點窮，這樣沒問題嗎？」

原本對史迪夫還有一絲感情和愧疚的珍妮，聽完後，突然覺得自己的決定很明智。寄宿學生可以再找，但氣暈了就划不來了。

終於，她不必再為了史迪夫不經大腦的毒舌而生氣。

終於，雨過天青啦！

終於。

第三個寄宿家庭

於是，史迪夫搬到了第三個寄宿家庭。

有了前車之鑑後，史迪夫這次果然收斂了許多。

殊不知，一星期後，一種奇怪的氛圍又出現了。

讓史迪夫不想承認的是，他隱隱約約又察覺到寄宿家庭對他的不友善。

難道，就是又要重演了？

中午大家一起用餐時，史迪夫忍不住嘆了一口氣。

愛麗絲問道：「怎麼了？有事情困擾你嗎？」

史迪夫無奈地說道：「和寄宿家庭有關。」

愛麗絲關心道：「你是不是又口不擇言啦？」

史迪夫仔細回想，搖了搖頭。

他突然大叫一聲。

「我想到了。有一次，寄宿家庭媽媽瑞貝卡請我吃餅乾，我發表了一些評論，然後她臉色就變得很難看。」

「什麼話呢？」

「實話。我告訴她那個牌子餅乾不好吃，雖然比較便宜。我推薦她吃某種品牌的餅乾。雖然比較貴，可是嘗起來真的很美味。」史迪夫一副不以為意的模樣。

「你這樣說難怪她會生氣。」凱希也搖搖頭。

「後來，我就是怕她生氣啊。所以，我就釋出善意。」

「你怎麼做？」凱希問道。

「我就把我昂貴的餅乾放在餐桌上，請他們吃啊！」

這次史迪夫總算會察言觀色了。

「這樣很好啊！」愛麗絲點點頭。

「可是她把我的餅乾放回我的門口，上面貼了一張紙條。」
史迪夫滿臉無辜。

「寫什麼呢？」愛麗絲問道。

「謝謝你的好意。我們吃不起這種昂貴餅乾。」史迪夫擺擺手，無辜的回答。

眾人聽完後，開始替史迪夫捏一把冷汗。

看來，在這個家庭，史迪夫的命運開始又要回復以往。

也許，當史迪夫懂得和人相處之道，他才能不必再換寄宿家庭吧！

或許，史迪夫遇到神經大條的寄宿家庭，才有辦法達到和睦相處。

望著史迪夫，眾人突然開始出現一種想法。

也許不久，我們又要替他搬家了吧！

一想到此，湛藍的天空，突然漂來一片烏雲。

晴朗的天氣，瞬間刮起了寒風。

五、難眠夜

夜幕降臨，整個大地籠罩在漆黑之中。

北風呼嘯，寒氣逼人，寬敞的房間裡，玻璃聲陣陣作響。

偌大的屋子裡，除了愛麗絲，連隻蚊子都沒有。

這就是愛麗絲在寄宿家庭，常常出現的情況。

當初她向學校要求找的寄宿家庭，最重要的條件就是：臥室要很大，有獨立衛浴。

雖然學校幫她找到她的理想房間，但是她卻不開心。

房間是一般寄宿家庭的兩倍大，光這點就讓人羨慕許久。有的人房間太小，有的人住的離學校太遠，還有住地下室等等。

只是看似風光的表面，卻有讓愛麗絲煩惱的另一面。

房子很大，但心很孤單。

愛麗絲寄宿家庭的爸媽哈利和凱莉，交遊廣闊又熱愛旅行，常常在外面跑趴，周末有時還會去露營或旅行。

剛開始，愛麗絲還很慶幸他們喜歡外出，這樣她就能一個人在家，自由自在，看影片和用跑步機運動。也可以自己下廚，烹調自己喜歡的食物。然而，沒多久，她突然覺得新鮮感沒有了，反而希望他們不要常出門。

　　因此，愛麗絲常常約朋友寶拉、凱希、布萊德和史迪夫他們來屋內開派對。第一，有人陪比較不會覺得孤寂。第二，人多熱鬧，才不會胡思亂想。第三，有點炫耀意味，畢竟她認識的朋友中，她的寄宿家庭環境是數一數二的。

　　由於她住在的房間十分寬敞明亮，寄宿家庭的父母常常不在，所以大家都喜歡去她寄宿家庭哈拉、玩遊戲、喝咖啡、享受美食等活動，既輕鬆又不會受約束。只要離開時，將房子恢復原貌即可。

　　久而久之，大家漸漸發現，她寄宿家庭的父母不在家的頻率非常高，因此為了排遣寂寞和孤獨，愛麗絲不斷的邀約朋友來家裡。一般的寄宿家庭父母在假日時，會安排行程，可能會大家一同出外踏青，或是一起去外面吃飯。然而，愛麗絲的寄宿家庭父母卻都自己參加派對，有點忽略了愛麗絲。

　　「愛麗絲，你寄宿家庭爸媽出去玩都不帶上妳喔？感覺不是很照顧妳。」凱希忍不住抱怨。

　　「其實不是啦。之前他們有約過我兩次，但剛好遇到考試要留在家讀書，或是剛好有事，沒辦法一同出去，只好拒絕他們。可能這樣，所以他們以為我不想參加，不想勉強我。」

　　「最近聽說妳住的社區好像發生過搶案，妳一個人在家，要自己小心，有事情馬上打給我。」布萊德擔心地說道。

　　「遵命。」

「如果妳怕一個人在家，找個機會和他們談談吧。這樣子和一個人租外面沒什麼兩樣啊。」史迪夫提出的意見。

「我知道。好了啦，別一直聊我的事情，我們來玩撲克牌吧。」不想一直被這種事情困擾，愛麗絲轉移話題。

愛麗絲除了和朋友聚會，其他時間都待在家裡。

愛麗絲不斷地體會出孤獨的滋味。

今晚，她又是孤獨一人。

這些日子以來，常常一人在豪華舒適的房間裡，認真思考、胡思亂想、唱歌跳舞，自得其樂。愛麗絲突然覺得，一切的物質都是那麼虛幻飄渺。現在，她只是單純的想要有人陪伴，和她閒話家常。

本來愛麗絲就不是依賴性很強的女孩，偶爾一個人住並不是大問題。但是上星期她住的社區附近，發生了一個強盜傷人的案件，一個夜歸的女子，回到家中後，被躲在屋內的壞人打傷流血，財物都被洗劫一空。

幸好有一對情侶在附近散步，聽到她的喊叫聲，才及時出手相助。根據目擊證人指出，對方蓄著大鬍子，年約三十歲左右。

但那個搶匪還是跑掉了，迄今還沒抓到。

得知這個消息後，這幾天晚上，愛麗絲一直無法安穩入睡。

經常在睡夢中驚醒。

此刻，愛麗絲躺在床上，正因難以入眠而翻來覆去。

為了入睡，她開始數羊。

突然，她聽到門把被人轉動的聲音。

愛麗絲看了一下手錶：九點。

第一個想法是他們回來了，但離他們預計回來的時間早了兩小時。隨即馬上想到，不對，就算他們回來，寄宿家庭的父母，不可能不敲門就自己開門闖進來。他們很注重隱私，也很守禮貌。

不是他們。

沒想到，在靜默的夜裡，竟然讓她遇到這種驚嚇的局面。

糟了，那會是誰呢？

天啊，她的心快要蹦出來。想打電話求救，但電話放在門邊的茶几上。現在衝過去，有可能直接和外面的人大眼瞪小眼。

這種場面恐怕更讓她難以招架。

愛麗絲將床單蓋住臉，全身不停地顫抖。

掩耳盜鈴一點用都沒有。腳步聲慢慢逼近，沉重的腳步聲，在無聲的黑夜裡，愈發明顯，更加恐怖。

腳步聲在她床前停止了。

愛麗絲連吼叫都力氣都沒有了。

她清楚聽到對方讓人窒息的呼吸聲，還有身上傳來難聞的味道。

有人一把將她的被單拉開，她緩緩睜開眼，一個蓄大鬍子的男人，手裡拿了刀，猙獰的朝著她微笑。

眼看手上的刀將要朝她落下。

「不要啊──」愛麗絲大叫一聲。

霎時，整個人從床上滾落到地面。

「好痛！」原來剛剛發生的一切只是在做夢，虛驚一場罷了！難怪有人說日有所思，夜有所夢。

這種恐懼，已經持續數日，讓愛麗絲擔心受怕，導致睡眠嚴重不足。

只要家裡沒人，她就無法睡覺，無法安心，連看電視音量都關的小聲。因為愛麗絲總是被一些莫名奇妙的聲音，嚇得魂不守舍。

「愛麗絲，妳的黑眼圈好像變得越來越嚴重了。」葛瑞思發現愛麗絲這幾天有點精神不濟，莫非有心事？

愛麗絲一五一十的告訴葛瑞思最近做的夢以及擔憂。

「愛麗絲，若是妳擔心害怕，我建議妳跟寄宿父母談談。」葛瑞思語重心長地勸道。

愛麗絲點點頭。

但她找不到適合的時機。幾天後，愛麗絲本以為生活已經回歸平靜。

結果，在離愛麗絲住的社區附近，又發生第二起入室搶劫案。

愛麗絲覺得有點煩躁，更加擔驚受怕了。

她總無法忘記夢中那個那個大鬍子的模樣。

雖然只是作夢，但卻真實的讓人難忘。她甚至覺得屋外的樹旁或花園附近，總隱隱約約看見那個大鬍子，正朝著她的房間觀看，監視著她的一舉一動。

果然人嚇人是最恐怖的。

今天愛麗絲返家後，發現桌上有晚餐，旁邊有張紙條，原來晚上哈利和莎莉臨時去參加朋友的生日派對，回來可能已經十點過後了。整棟兩層樓大的房子，又只剩愛麗絲一人。

在這樣的夜裡,孤獨侵蝕,讓人諸多聯想。

除了犯罪的狂人沒被抓到之外,上星期搬來一個不友善又古怪的鄰居戈登,也讓她不舒服。

突然,屋外刮起一陣強風,窗戶呼呼作響,愛麗絲趕緊確認窗戶是否鎖緊。

正當她站在窗前時,似乎有個黑色人影正在花園後方不遠處,朝她這個方向靜靜凝視。由於花園有兩盞燈,所以還是能看得到周圍。

「該……該不會就是最近犯案的那個狂人吧?!」她喃喃自語。

愛麗絲揉了揉眼睛,希望是自己想太多。她再定睛一看,確定她沒眼花,真的有個陌生人在他們家後花園附近,只看到大鬍子,看不清楚外表。她的雙腿發軟,用最快的速度,迅速將全部的窗戶和門都上鎖。

緊張和擔憂,讓她開始覺得悶熱。

「我不能待在這裡,因為他已經看到我了,應該去客廳,要跑也比較快。」愛麗絲決定先轉移地點。

她打了通電話給最好的朋友布萊德,告訴他剛剛發生的事情。

「我現在在外地旅行耶，沒辦法過去。你確定你有看到有人偷窺妳嗎？有時候可能是樹影，視覺暫留，或是是看錯了。」布萊德問道。

「我真的看到一個人在外面朝著我家看，我現在好害怕。」愛麗絲感覺快哭出來了。

「妳先鎖好門窗，然後聯絡寄宿家庭的父母，請他們盡快回來。」

「好……好。」

掛完電話後，愛麗絲再次確認門窗是否都上鎖，門鈴突然響了。

她差點叫出聲來，該不會是……

不不不，壞人怎麼可能按門鈴。

愛麗絲雖然很害怕，但仍然鼓起勇氣，透過貓眼偷看來者何人，說不定是哈利他們提早回來，忘了帶鑰匙。

是戈登。

奇怪，戈登這時候來幹嘛？愛麗絲有種腹背受敵的感覺。

戈登似乎察覺到她在門後，故意提高音量說：「有人在嗎？哈利要我過來看看妳。」

雖然戈登給人感覺不太好，但是他說的話很有說服力，既然寄宿家庭爸爸交代對方的，不開門也顯得沒禮貌。

愛麗絲迅速開了門，請他進來。

但戈登沒有進來的意思。「我是妳的鄰居戈登，剛剛在家烤了太多餅乾，妳要不要到我家來嘗一嘗？」戈登露出不自然地微笑，邀請愛麗絲。

但目前的情況，兩個人總比一個人待在家來得安全。況且對方是男生，壞人應該不敢輕舉妄動。

到了戈登家裡，屋內鄉村風布置，牆壁用油畫裝飾，屋內乾乾淨淨，整整齊齊，彷彿是民宿或樣品屋，和他粗獷的外型，難以聯想在一起。

愛麗絲注意到他將房門反鎖。

這點，讓她產生警覺性。

她見過戈登幾次，眼神銳利，常常拉長一張臉，也不會主動招呼，給人難以親近的感覺，因此對他印象不佳。

戈登拿了一瓶果汁給她，但她並沒有喝。剛才的突發狀況，讓她食慾全無。

戈登突然說道：「妳看起來有點不自在？」

「沒有，可能我比較害羞的，不擅長交際。」

「喔。」戈登點點頭。

「對了，餅乾呢？」愛麗絲問道。

「沒有餅乾，餅乾只是個藉口。」戈登有點困窘。

「沒有餅乾。」這是陷阱嗎？愛麗絲嚇一跳。

「妳不用擔心，有原因的。」戈登準備解釋。

「什麼原因呢？」

「愛麗絲，妳知道最近我們社區附近發生的搶案嗎？」戈登突然聊起這個話題。

「知……道，我聽莎莉說過。」愛麗絲一驚，他怎會突然聊起這個話題。

「妳覺得他會再次犯案嗎？」

「我……我不知道。最好不要，那是違法的。」莫名其妙，為何要聊這麼嚇人的話題。

「他的外表呢？莎莉有跟妳提起嗎？」

「有，大概六呎高，有點瘦，留著大鬍子——」

愛麗絲突然沉默，等等，她發現戈登和她目前描述的人，竟有幾分相像。

難道？

該不會這麼巧吧。

她不會這麼幸運吧！

「怎不繼續說？」戈登露出難以言喻的笑容，鼓勵她繼續發言。

愛麗絲卻覺得笑容詭異，寒毛直立。

這絕對不是錯覺！

「戈登，我想我該回家了。」愛麗絲迅速往門口移動。

但戈登動作更快，在門口擋住了愛麗絲。

完了，愛麗絲頓時覺得很絕望，難道她遇到了電影中的那種「恐怖情節」嗎？

她是曾經幻想過當電影女主角，但是她想要當的是純愛電影的女主角，絕不是這種驚悚片。

我要冷靜，冷靜。

她顫抖著用雙手摀住臉，嘴裡說道：「拜託，請讓我回家。」

「不行。」戈登堅決地說道。

愛麗絲腦中出現了千百種想法，不斷湧現。

「我只是窮個學生……我沒有錢。」愛麗絲打算用可憐模式，讓對方心軟，說不定就會放她走。但戈登接下來說的話，讓她突然清醒，覺得自己很可笑。

「我沒有要妳的錢。」戈登憨笑。

「我長得也很普通。」不要錢，難道要人？愛麗絲更沮喪了。

「這不是重點啦。我建議妳待在這裡，我雖然不迷人，但肯定比妳房子附近的那個男人安全。」

「什麼？」愛麗絲有點疑惑。

「我是說妳家附近有個人，好像在監視你們。」戈登解釋。

愛麗絲小聲地說道：「你也有看到他嗎？」

「對，純屬巧合。之前我在外面洗車，看到哈利和莎莉開車出去了。結果不久後，一個陌生男子，出現在妳住的房子周圍，鬼鬼祟祟，手裡拿著武器，好像在監視這棟房子。所以，我假裝請妳吃餅乾，想讓妳盡快離開那裡。」

原來如此。

愛麗絲尷尬一笑。

自己的腦袋怎麼有這麼多的小劇場，對方只是好意。

人不可貌相，也不可只看表面。

臭臉戈登原來是個善良的好人，默默幫了她一把。

「太謝謝你了。所以，哈利應該也沒有交代你？」愛麗絲真心感謝。

「沒啊，妳真的太單純了。」他無奈說道。

隨著兩人相視一笑，讓戈登和愛麗絲距離拉近，變得不再如之前般的拘束，隨意聊著天，沒想到兩人興趣頗近，很多話題可以討論。愛麗絲對戈登也了解不少。戈登原來是個設計師，有空時會去做義工，幫助需要的人。

兩人相談甚歡，幾乎忘了時間。

但是，幫得了一時，幫不了一世。

一想到此，愛麗絲再也無法故作堅強。

回到家後，她決定提起勇氣，跟哈利和莎莉溝通。

除了這件事之外，常常一個人在家，讓愛麗絲覺得很孤獨，很難受。一直以為哈利和莎莉會勃然大怒，覺得她不成熟。又或者會將她的顧慮嗤之以鼻。沒想到，他們竟然向愛麗絲道歉。

這點反而讓愛麗絲覺得意外。

「愛麗絲，以後我們會盡量找時間陪妳。真的很抱歉，我們這些日子疏忽了妳。」莎莉緊緊握住愛麗絲的手。

哈利也表示愧疚。「愛麗絲，為了表示歉意，這個周末請妳邀請朋友到家裡開派對，好嗎？」

「當然好，謝謝你們。」愛麗絲高興得點頭如搗蒜。

原來，溝通不是難事，最怕的是因猜測導致溝通不良，而造成彼此無謂的隔閡和誤解。

更值得高興的事情，一周後搶匪被捕，愛麗絲終於放下心中大石。

哈利和莎莉有遵守承諾。

愛麗絲的孤獨房從此不再開放。

愛麗絲的事件圓滿落幕，哈利夫婦和愛麗絲因為相處時間增加，交談次數變多，而愛麗絲的英文因此而進步不少。當然她的英文之所以能進步，還有另外一個甜蜜的原因。

因為，她還多了「沒有大鬍子」戈登的陪伴。

之前為了避免讓人誤會，戈登聽從愛麗絲建議，把鬍子剃掉，沒想到整個人年輕了十歲，露出原本帥氣的模樣。有鬍子的戈登，讓人覺得有點凶，難以接近。但是，刮掉鬍子後，戈

登除了多了青春的模樣，人變得清爽，笑容也變得吸引人，也沒有當初凶狠的感覺。

自從上次戈登的好意後，愛麗絲對戈登的看法改變許多。

兩人對彼此也多一點了解，也發現兩人原來有著共同的興趣。話不投機半句多，如果話投機的話，就可聊好幾句囉。

戈登和愛麗絲也常常一起出去購物和喝咖啡。

或許，兩人之間會發展出另一段故事。

但是這次的故事應該是甜美浪漫，不再是可怕驚悚的。

就讓我們拭目以待。

六、華爾滋

艾爾莎是個善良體貼之人。

　　因此，即使當她第一眼看到寄宿家庭的房間，四坪不到，和她的想像中的大相逕庭，她仍不以為杵，懷著高興愉悅的心情住下。

　　Home 媽史蒂芬和丈夫仳離兩三年，寄情工作，有一個男友，周末時會一起約會。

　　史蒂芬是一個活潑熱情之人，這是艾爾莎對她的第一個印象，然而，第一印象通常是錯誤的。

　　記得第一次搬到寄宿家庭的那晚，艾爾莎只穿著薄紗睡衣，連外套都沒穿，看著艾爾莎搬著行李，站在一旁滔滔不絕，動「口」不動手。

　　房間在二樓，艾爾莎和朋友整理完後，早就氣喘吁吁，喝著自己買來的飲料，宛如甘泉。

　　雖然朋友對史蒂芬沒幫忙有點訝異，頗有微言，不過艾爾莎覺得這或許就是文化差異，不需要在背後議論。

　　第一次住寄宿家庭，她滿懷興奮之情，對未來滿滿期待。

　　隨著一星期相處後，她赫然發現「熱情洋溢」似乎只是假象。

　　史蒂芬和朋友在電話聊天時，總是笑聲洋溢，讓人充滿溫暖。

　　私底下的史蒂芬，是一個安靜冷淡的人。

　　一個人會有好幾面，對朋友、對家人、對上司、對鄰居，不可能都保持同一種態度。

　　艾爾莎盡量與她維持友好關係，畢竟大家住在同一屋簷下，彼此要互相照應關心。

　　可惜，話不投機半句多，艾爾莎的努力，似乎毫無收穫。

　　兩人相敬如「賓」，也相敬如「冰」。

　　第一次發現史蒂芬的冷淡，是因為「遲到事件」。

　　開學的前一周，艾爾莎每天都很早起，從不遲到。

　　某天，因為熬夜做報告，因此累到倒頭就睡。忘了設定鬧鐘的艾爾莎，比平常晚了三十分鐘起床，她匆促的跳起來，並急忙下樓準備當天自己的午餐。正當她氣急敗壞的跑到樓下，只見到史蒂芬正悠閒的喝著咖啡，看著報紙，感覺輕鬆自在。

　　一見艾爾莎，史蒂芬語氣平淡的敘述一件事實。「艾爾莎，妳遲到了喔！」

艾爾莎正想問為何沒有叫醒她,對方似乎知道她想說啥,只見史蒂芬補上一句:「下次要早點起床,自己的事自己負責,我沒有義務喚妳起床。」

還好沒問,艾爾莎被當場澆了盆冷水。

雖然睡過頭是自己的問題,但她竟然明知遲到,仍不願敲門喚醒她,讓她好生訝異。這是第一次艾爾莎發現史蒂芬冷漠到讓人無法接近。

第二次,艾爾莎發現史蒂芬另一個面貌。

某天晚上八點左右,艾爾莎正在樓下看電視,因為史蒂芬已經就寢,所以她把音量調著很小。其實她和史蒂芬相處時間不多,因為史蒂芬是個早睡早起的人,因此艾爾莎盡量不麻煩史蒂芬。

畢竟八點正是黃金時段,平常在台灣時,八點正是巔峰期,不太可能就上床睡覺,如此時段就與周公斡旋,似乎稍嫌太早。突然,艾爾莎聽到史蒂芬的聲音。

「艾爾莎,已經八點多了,趕快睡覺吧!」然後,雙手環胸,等著艾爾莎的回應。

艾爾莎也有執拗的一面。

她回答:「等我看完電影,就會睡了。我會把聲音關小一點,妳先睡吧。」

史蒂芬有點無奈：「還是早點睡，明天還要早起。快點喔，我等妳關電視。」

艾爾莎發現，除了冷，史蒂芬的另一面是獨斷。

之後，也許兩人個性格格不入。艾爾莎開朗陽光，史蒂芬淡漠深沉。因此兩人除了維持友善的關係，聊天的內容一直貧乏無味，無法交心。

艾爾莎有時和她聊聊嗜好，但史蒂芬也是笑笑以對，回答一兩項就停止，顯然不感興趣。但對於其他人，她興趣十足，永遠笑聲不斷。尤其男友來訪時，史帝芬或許因為心情好，對她特別關照。艾爾莎問了其他寄宿家庭的同學，大部分都會關心他們，也會在吃飯時閒話家常。

某天下午，發生了一件事。

是第一次真正兩人產生嫌隙的開始。

天空灰濛濛一片，細細的雨絲飄落，讓人不想出門，只想在家懶洋洋的思考，忘卻一切的放空。

也是一個適合閱讀的天氣。

正當艾爾莎在窗前觀賞這浪漫景致，腦中暫時停止運作時，史蒂芬突然敲門。「艾爾莎，我們現在去白石海灘散步吧！」史蒂芬一臉興奮。

白石鎮的沙灘盛名遠播，除了美麗純淨的沙灘，附近的咖啡館，間間別具風情。艾爾莎很早就想一探究竟。

只是最近天氣陰晴不定，才一直沒有成行。

這是第一次艾爾莎看到史蒂芬身上有種少女感，而且竟然熱切地邀請艾爾莎散步，真是難得。只是若是天晴氣朗，那麼在沙灘上漫步是種浪漫，是種享受；但是雨似乎愈來愈大，變成落湯雞可就浪漫不起來囉。

「呃，史蒂芬。我們等雨停再去好嗎？」

艾爾莎實在不想拒絕史蒂芬的好意。

「艾爾莎，那片沙灘在雨中很美，現在不去就錯失美景喔！別等了，五分鐘後樓下門口見。」雖然史蒂芬開口邀約，然而語氣上卻是不容推辭的強硬。

艾爾莎一聽，杏眼圓睜。她很想見識那個約會勝地，白石海灘的風光。尤其旁邊很多別具特色的咖啡廳，實在很吸引人。

她拋開下雨的因素，點頭答應。

「那我們現在出發吧！帶兩支雨傘？」艾爾莎興致勃勃。

「不必帶。只是小雨罷了，無須大驚小怪！」原本和顏悅色的臉龐突然又垮了下來。

這是她的第三面：情緒化。

剛開始，艾爾莎雀躍地走在美麗的海灘上，欣賞著朦朧的風景。

來回走了兩次，艾爾莎拍了不少美景，盛名遠播，誠不欺我。

第三回，艾爾莎覺得有點累了，正想跟史蒂芬表示想先休息一下，只見對方迅速往前走，精力十足，完全不理會在背後的她。

史蒂芬的表情陰鬱，不像是來散步，彷彿更像是來競走。

終於，來回走了五次後，艾爾莎的疲累不堪，雨水也浸濕衣裳，她表示想要到咖啡廳休息一下的念頭。

結果史蒂芬充耳未聞，只是面無表情地往前走。艾爾莎發現，這上個周末，艾爾莎的男友好像沒來訪，而且在電話中好像有齟齬。史蒂芬可能是因為感情上遇到問題而心情不好，才找艾爾莎作陪呢。

一想到此，心軟的她，就繼續陪著她。走了好幾遍後，史蒂芬心滿意足，準備要回去。

白石鎮還有一個迷人之處，就是咖啡廳。

艾爾莎建議到咖啡廳喝杯咖啡再回去。

沒想到，史蒂芬一臉疑惑，並且直斷地說道：「喝咖啡回去喝就好。走吧。」

　　「妳給我幾分鐘，我買一杯外帶。」艾爾莎很愛咖啡，她很想品嘗一下，順便拍照。

　　「不了，我還有事情，想現在就回家了。」史蒂芬完全不想討論，也不想多停留幾分鐘。

　　但諷刺地，她剛剛明明就花了兩小時在這片沙灘來回散步。

　　期盼了半天，一切都「白走」了。

　　後來，艾爾莎和朋友來白石鎮好幾次，彌補了當初的失望。

　　經過這次的白石鎮之行，艾爾莎再次發現史蒂芬的人格特質，除了冷，還有一種就是我行我素。

　　艾爾莎個性很樂觀，十分受朋友歡迎，然而，和史蒂芬之間一直有某種程度的隔閡。

　　艾爾莎原想隨著時間流逝，可以慢慢培養出感情，畢竟有人慢熟。但是她好奇的是，史蒂芬對自己朋友，都是笑容可掬，大方溫暖，唯獨對她，很不一樣。

　　未等到渡過磨合期，史蒂芬後來的態度惹惱了艾爾莎。

「艾爾莎，其實妳周末可以出去過夜，我無所謂囉。以前住在這裡的韓國學生，每星期幾乎都沒回家，非常自立。」有天，史蒂芬突然建議艾爾莎外宿。

「史蒂芬，謝謝妳的提議。如果要外宿，我會告知妳了。」艾爾莎沒多想，只覺得自己房子住的好好的，好像沒有必要去住同學家。一方面要對方寄宿家庭要答應，一方面最近也沒有派對。更何況，這裡的夜生活幾乎都沒有，很多商店早早就打烊。史蒂芬見艾爾莎沒有意願，莫可奈何地離開。

後來的後來，當艾爾莎搬離後，同學無意間的話，才讓她想到有可能史蒂芬是想和男友共度兩人世界，才會想將她支開吧。

人性很特別，如果史蒂芬先前直說，艾爾莎或許會答應。

經過這次的外宿建議，艾爾莎覺得兩人之間的距離，又悄悄地被拉得更開。

艾爾莎和史蒂芬像是共舞華爾滋，共譜協奏曲。時而和諧，時而進退，只是在曲子的開始，便埋下別離的種子。

引發兩人真正起衝突的是「公車事件」。

那天，艷陽高照，氣候正好。史蒂芬開車載艾爾莎到學校的途中，她客氣地要求艾爾莎晚上可否自行回家，因為晚上有事無法準時來接送。

寄宿的費用中，有另外加入一筆接送費。艾爾莎當時並未多想，因為本身也不是勢利者。

「我不知道要如何搭公車？」艾爾莎使用緩兵之計。之前她聽住附近的朋友朵莉說，從學校搭車到這裡有段距離，不但要換兩班公車，而且因為附近沒有公車站，必須再步行多二三十分鐘。所以後來，對方決定搬到離學校近一點的地方。

史蒂芬聳聳肩，一副不以為意。「搭公車很簡單。你可以到學校問同學。」

事不關己的態度，讓艾爾莎覺得有些憤怒又心塞。

於是，她到學校詢問朵莉。再轉了兩班公車，外加步行近半小後，終於抵達家門。

回到家時，已是疲憊不堪，飢腸轆轆。

這裡和台灣迥然不同。地廣人稀，不若台灣交通發達，而且還要獨行約半小時，在傍晚獨自走在沒有什麼人的街道上，其實有點可怕，她暗忖下次千萬別答應。

艾爾莎在心中暗自決定。

結果，第二次，在史蒂芬的柔情攻勢下，艾爾莎又答應了。這次的理由是史蒂芬在下午有重要的事情要辦，所以無法接艾爾莎回家。

當艾爾莎再次搭兩班公車，步行半小時後，疲累的抵達家門，卻見到令她暴跳如雷的景象。

史蒂芬正津津有味地吃著晚餐。身上不是平日上班的套裝，而是休閒服，頭髮微濕，顯然已經沐浴過了。

史蒂芬究竟有何急事？還是純粹想讓艾爾莎「懂得生活」？

見艾爾莎返家，她淡淡地招呼艾爾莎：「快來吃晚餐吧！」

艾爾莎望著已經所剩無幾的菜餚，疲倦再加上飢餓，心中不禁怒火中燒，她無法再次忍讓。

「我們需要談談！」吵架的時候，英文常常會突飛猛進，這句話似乎有其道理，「請問妳今天無法接我的原因為何？」

未料到艾爾莎如此一問，史蒂芬有些不知所措。「是個人私事！」

「可是我見到的是妳正在吃晚餐。妳開車接我不過十分鐘車程，但我搭公車要花上幾倍的時間回家，我希望以後妳都能接送我。」

「艾爾莎，妳必須學習獨立。」史蒂芬連忙轉移話題。

她的臉上毫無悔意。

烹煮晚餐所花費的時間，已經足夠來回接送艾爾莎兩趟以上。因此有事情顯然只是藉口。

史蒂芬的臉上閃過一絲抱歉。

　　艾爾莎看到她的歉意，覺得到此為止，不必再為難對方。沒想到下一句話，徹底讓她理智線斷掉。

　　「如果妳覺得麻煩，其實可以請同學載妳回來。」史蒂芬竟然還給了建議。

　　「那麼，妳願意退回接送費用的一半嗎？」艾爾莎不願將自己變成無情人，只是當對方無義之時，她必定反擊。

　　艾爾莎覺得眼前這個人，之前該有的熱忱和愛心，現在於她身上一絲一毫也無法找到。更何況，大部分的同學都是寄宿家庭接送，自己外宿的人，也都住學校附近，史蒂芬不能將自己的責任轉嫁他人身上吧。

　　她已經累到無法辯解。

　　「同學都由寄宿家長接送。我沒理由麻煩別人送我回家。而且，我每個月有額外接送費用，不是嗎？」

　　艾爾莎既無力又平靜地拒絕。

　　「是啊，但是妳應該要自己學習解決問題。」史蒂芬還是一臉讓人覺得這是對方的問題。

　　艾爾莎終於發現，也許自己和史蒂芬真的無法契合。一直認真想和史蒂芬和平相處的艾爾莎，終於明白有些人即使花上一輩子，也無法一起談笑風生，談天說地。

　　史蒂芬就是這種人。

　　於是，經過幾天掙扎後，艾爾莎決定真實面對自己內心的矛盾。

　　這個決定對她來說，很困難、很艱難也很難過。做決定的這幾天，她暗自流淚，一直無法狠下心來。

　　史蒂芬依舊如故，終於她向學校表示要換屋，善心的她將問題簡單處理，只是說明想搬到離學校近一點的寄宿家庭。

　　艾爾莎並未抱怨史蒂芬的任何一件事。

　　她希望大家好聚好散。她也希望史蒂芬能夠反省一下。

　　學校通知了史蒂芬，氣氛雖然尷尬，艾爾莎卻鬆了一口氣。

　　史蒂芬並沒有找她聊聊，也沒有因為離別而不捨。讓她意外的是，反而是史蒂芬的男友喬瑟夫，在周末來訪時，誠摯地說道：「聽說妳要搬家了，真的很遺憾，都沒機會請妳出去吃過飯。幾次相處下來，感覺妳是親切又幽默的人，希望妳一切順利，祝福妳。對了，這星期六如果有空，我想請妳吃飯。」

「真的很謝謝你好意，但是我星期五搬家，還要整理，星期一還有考試，時間恐怕不夠。還是謝謝你，你是個溫和的紳士。希望你和史蒂芬幸福美滿喔。」這番話，艾爾莎心頭一酸，眼眶濕濡。

雖然兩人只有在周末吃飯時會聊上幾句話，沒想到對方竟然頗理解她，反而是相處不久的人，對她說出這番有情感的話語。

而史蒂芬，依舊冷處理。

直到搬家前一天，史蒂芬以有點激動的口吻對艾爾莎說：「我一直覺得妳不習慣住在這裡，妳不是個快樂的人，而且太依賴別人。所以，搬家對妳來說是好的。希望妳在下一個家庭，住得快樂一點。」

「史蒂芬，我一直是樂觀開朗的人。」艾爾莎微笑地說著。

一旦問題發生，人通常不會檢討自己，只會怪罪別人。

史蒂芬說道：「既然如此，好吧。」

活在自己設定的象牙塔裡，史蒂芬永遠無法釋放出真正的情感。

雖然讓人覺得可惜，卻也無法改變。

個性互補或是個性相近，都能成為好友。

　　有些人，即使你窮盡一切心思，仍無法明白對方究竟真正的想法為何。

　　有些人，即使你百般配合禮讓，仍無法喚起對方潛在內心的熱情因子。沒有誰對誰錯，只有適不適合。

　　祝福下一位同學。

七、豪華房

獨棟兩樓豪華別墅，屋外花團錦簇，屋內擺設優雅，出門購物有專車接送，晚餐品嘗精緻美食，大家津津有味聽著布萊德對於寄宿家庭的描述。

布萊德剛搬進新的寄宿家庭，過著養尊處優的生活。

布萊德是個大方之人，別人以禮對他，他必以禮相報。所以他請寄宿家庭的爸媽吃大餐，而且還買禮物送給對方。

他的寄宿家庭是東方人，最初的感覺是頗有人情味。

大家每天聽著布萊德的敘述，都羨慕不已。

對於他的形容，大家也想去這麼好的寄宿家庭，一探究竟。

於是，有人提議到他家拜訪。

布萊德也興致勃勃，邀大家星期六到家裡來玩。

沒想到，尚未拜訪，布萊德一星期的蜜月生活已經宣告結束。

所有吝嗇和奇特行徑，全部浮上檯面。

星期四的晚上，布萊德的寄宿家長羅伯和坦雅拿出一張紙。

「布萊德，這是生活十大須知，合情合理，希望你遵守，大家愉快生活。」羅伯露出憨厚的笑容說道。

這十大生活須知，是用中文寫的，看得很清楚，條條充滿對布萊德的關懷之情，但又覺得小題大作之感。

1. 浴室維持乾燥。

2. 浴室保持潔淨。

3. 早餐適量健康。

4. 預留隔天午餐。

5. 房間自我維持。

6. 午夜前請返家。

7. 歡迎使用冰箱。

8. 接受同學留宿。

9. 電話使用方便。

10.這裡就是你家。

大家啼笑皆非，但也覺得遵守不難，並無傷大雅。

一個月後，布萊德跟朋友還原十大生活的真面目。聽完後，大家聽得笑聲連連，簡直在傷口撒鹽。

布萊德頻頻蹙眉搖頭，啼笑皆非。

十大生活須知真面目：

1. 浴室維持乾燥

換句話說，浴室要保持「全面乾燥」。

只要有任何水漬留在地上，你必須拖乾淨。否則，羅伯會對你耳提面命，道理滿篇。如果，你因為一時疲倦，而不想擦乾，甚至有拖地，但是未達清理標準。很快的，你的門外馬上會有人來敲門，請你馬上清理。

2. 浴室保持潔淨

換句話說，地板要保持「光鮮乾淨」。任何一根頭髮，麻煩你將它一一拾起。因此布萊德每天都得檢查浴室內是否有漏網之「髮」，或是其他不小心飄落的紙張等等。

3. 早餐適量健康

這點讓人又好氣又好笑。

因為所謂的適量其實就是吃少一點。再白話一點，早餐不要吃太多。布萊德雖然食量不大，但對於坦雅的適量早餐，總覺得不足。有一次，他瞥見餐桌上有一條坦雅自行烘培的麵包，心想這個成本應該不多，於是吃了兩塊。

果然，馬上換來詢問的眼光。

「布萊德，今天比較餓嗎？如果不餓就不要吃太多，要攝取均衡飲食喔！」

不過就那麼一塊麵包，有那麼嚴重嗎？

4. 預留隔天午餐

這點合情合理。

其實不然。

坦雅的食物永遠準備得不多不少，剛剛好。每次吃晚餐之前，坦雅會先把預留大家隔天午餐，才能開始吃。所以，隔天中午的飯菜若裝盛過多，那麼當天晚上就會無法飽足。總之，自從搬到寄宿家庭後，布萊德一直沒吃飽，告訴了對方，對方卻覺得吃過飽對身體沒好處。每當他聽到別人在外國寄宿家庭中，晚餐都能隨心所欲地吃，讓他羨慕不已。

所以，布萊德自己必須準備乾糧和泡麵。畢竟，他已經好幾天不曾有飽足感。

飢餓的感覺真令人難受。

有次，坦雅竟然直接問道：「布萊德，其實你不見得要都回家吃晚餐，應該多嘗試去外面吃美食，這裡有很多美味的餐廳，你可以按圖索驥去品嘗啊。」

這麼直接，讓布萊德傻眼。

5. 房間自我維持

換句話說，他們隨時會抽查是否有整理房間環境。如果凌亂，或忘了折棉被，那麼精神訓話是必要的。

布萊德已經覺得自己快被『囉唆』給淹沒了。問題是，這是自己房間，自己私人的領域，只要想到他們藉故來檢查，就讓人產生不適感。後來，他得到一種「敲門恐懼症」，只要聽到敲門聲，整個人就產生緊張感，因為鐵定又有事情需要被討論。

6. 午夜前請返家

這點看來是真的關心布萊德。

換句話說，其實是十點前要回家。

所謂的午夜，是配合寄宿家庭睡眠時間。羅伯和坦雅就寢時間一到，就代表午夜到臨。

所以，並非真的指晚上十二點，而是十點之前。

平常，布萊德都會八點前回家，某次同學生日，慶生完後十點才返家，大門深鎖，防盜系統已經設定。他一開門，馬上會警鈴大作，因此他只好按門鈴，不敢自行開門。

當然，訓話是少不了的。但布萊德覺得委屈，因為明明說是半夜之前，十點回家仍然被叨唸。雖然不是大聲訓斥，但嘮

叨過久反而更可怕。尤其，他們會一而再，再而三的提起同樣的事情。布萊德只覺得難以配合。

7. 歡迎使用冰箱

換句話說，冰箱歡迎開啟，但是少動手。開啟冰箱並不代表你可以自行享用裡面的食物。

其實，在寄宿家庭費用中，有一筆費用包含「食物費」。

因此布萊德食用冰箱食物，亦是合情合理。

布萊德一開始只喝果汁、牛奶。他是個非常有分寸的人，只吃自己買的食物。然而，有時乾糧吃完了，所以肚子餓時吃了冰箱內的麵包或是喝了冷飲。

結果，冷言冷語再現：「布萊德，今天比較渴嗎？今天運動量變大嗎？今天晚餐沒吃飽嗎？」

「還好，怎麼了？」布萊德不解。

「你今天喝很多牛奶耶！」羅伯蹙眉。

坦雅亦不遑多讓。「布萊德，冰箱的雞蛋和起司是晚上要煮的，所以請勿食用。」

天啊，這個寄宿家庭真是吝嗇家族的代表。

8. 接受同學留宿

這點應該沒問題吧！這麼大方，歡迎同學留宿。一般寄宿家庭不一定有雅量，讓同學來留宿。

結果，但書是：住宿可以，必須額外付住宿費，且不包含食物，所以要出去吃飯，而且未供應床舖，請打地鋪。另外，衛浴一樣要按照要求保持，不能留下半點用過痕跡，同學聽到都沒人感興趣。

這麼苛刻的條件，果然無人願意留宿吧。

9. 電話使用方便

換句話說，盡情使用但簡短講話。

有一次，布萊德同學打來訴說思鄉之情，布萊德為了安慰他，忘了要長話短說。結果，才講了幾分鐘，羅伯開始呼喚布萊德，有事要請教，繼而打斷他的談話。然而，那件事根本是芝麻小事，純粹想要布萊德不要再講電話。

後來布萊德發現他們的用意，悻悻然離開。

10. 這裡就是你家

換句話說，你必須負責應盡的義務。

家中一切事務，請當作自己責任。

102

勿推託、勿延遲、勿拒絕、勿抱怨。

他們對布萊德的苛刻和吝嗇,卻要布萊德全心全意回報他們。

相處了這麼長時間,布萊德知道他們對別人是小氣,並非節儉,一絲一毫都不浪費,但是對自己家的孩子,卻是寵愛有加。

尤其,對於使用衛浴這件事。這間衛浴並不是他一個人獨享,還有其他人使用,但卻總是要他打掃。尤其每次洗完澡,就要拿放大鏡檢查,看看有沒有掉落的髮絲,即使是一條,其實掃起來就好,不需要花費一分鐘時間,但對方卻寧願浪費時間,敲門要他去處理,還在旁邊喃喃自語,檢討他的不小心,不夠盡心盡力。一次兩次下來,洗澡變成一種壓力。

布萊德只住了一個多月,就瘦了兩公斤。

想搬家的慾望,逐漸上升。但礙於只住不到兩月就搬家,好像自己是草莓族。於是安慰自己,或許一開始這麼嚴格,但時間久了會改變。布萊德決定再觀察一個月,如果情況仍然不改,他只要離開這個沒有溫暖,一切「制式化」規定的家庭。

事實上證明,人都有軟土深掘的本事,他的退讓和體諒,卻未換來對方的關懷和將心比心。

爆發點是一張「支票」。

布萊德每個月一號要開支票付住宿和飲食費用，每次他都在三十號會把支票給對方。那天，隔天有個報告，當天他和同學討論寫完報告後，回家已經九點多，洗完澡後他就累到夢周公了，忘了當天是三十號。

　　隔天一號傍晚他從學校回家後，在房門外看到一張紙條，提醒繳費。

　　布萊德趕緊開了一張支票，即刻拿給羅伯。

　　「下次別遲繳了。」羅伯不太開心地說道。

　　「今天是一號。」布萊德提醒了一下，他是準時繳。

　　沒想到，迎接他的是「快半小時」的老生常談。

　　「布萊德，其實我不是在意你遲繳，而是你對人生的態度。問題不是在於你沒準時繳，而是你不講誠信。今天是我好說話，讓你晚一天繳。要是換做別人，可就沒這麼好說話。如果你將來出社會，用這種態度做事情，是不會成功的。一個人是否成功，做人處事很重要。你可以提早繳，但不能延遲繳費，這是一種不好的習慣。今天，我要教育你，讓你懂得人生道理。或許，你父母對你太寵，很多事情都隨你開心，但是生活是現實的，很多事情不是你想要怎樣就可以去做……」

　　布萊德的耐性都快磨光了，注意力早飄到九霄雲外去了。因為對方用中文交談，所以是冗長之餘，還聽得一清二楚，完全理解他想要表達之事。

　　但本來住宿費就是每月一號繳，布萊德是「準時」並沒已遲繳，前幾個月是「提早」繳，反而變成對方的藉口，有時語言也是一種冷暴力。

　　「我沒有遲繳喔。」布萊德忍不住開口了。

　　「你快遲繳了，而且如果不是我提醒，你可就忘記了。做事情這麼不謹慎，以後能成就什麼大事。連廁所都整理不好，不是粗心是什麼。還有，打斷別人話是很沒禮貌的事情——」羅伯似乎不想放過這個話題。看得出來他很介意支票晚一天拿到這件事情。

　　「但我還是沒遲繳，以後我也會一號就繳。」本來只是好心提早拿支票給對方，卻被當成是應該的。布萊德的好脾氣，已經消失殆盡。

　　這句話說完後，羅伯臉色大變，正準備下一波攻勢。

　　「不好意思，我還有事，今天不回家吃了。」布萊德一氣之下，奪門而出。

　　當回家和交談變成一種壓力，不管房屋如何美輪美奐，都讓人產生了抗拒。

當居處和環境變得沒有溫暖,不管條件是如何的奢華質感,也讓人產生了空虛。

　　後來,布萊德請了幾個同學喝咖啡,聽聽他們的看法。

　　最後,布萊德決定以「搬家」來停止這十大生活須知所帶來的壓力。

　　不知道,新一任的寄宿學生,他們的生活須知是否會增加到二十條⋯⋯?

　　藍天白雲,時光正好。

　　後來,布萊德搬到一個西班牙家庭,迎接充滿快樂,佳餚滿屋的生活。

　　人生,有時是需要做出改變。

　　所言甚是,所言甚是。

八、雙人舞

寄宿家庭中，大部分只會住一個學生，方便寄宿家庭接送上學和照顧，然而史丹利的家庭比較特別，當他搬到這個寄宿家庭時，已經有一個叫艾琳的女學生，比他早兩個月搬進去。

　　史丹利的寄宿家庭房子共兩層樓，一共有四間房，兩間套房，兩間雅房。除了寄宿家庭父母強尼和南茜共住一間套房之外，另外一間套房是他們女兒蘇西的房間，而艾琳和史丹利各住一間雅房，兩人共用一間衛浴。由於蘇西在美國讀書，所以鮮少回來。因此基本上家庭成員很簡單，再加上強尼和南茜很慈祥，艾琳熱情友善，住起來應該非常愉快。

　　艾琳是個溫暖的人，主動表示願意當兩者之間溝通橋樑。寄宿家庭的父母很隨和，樓友好相處，住的地方也讓人滿意，史丹利覺得自己很幸福。

　　「如果你對強尼和南茜有何疑問，可以告訴我，我會對你知無不言，言無不盡。還是你對寄宿家庭有什麼意見，我們可以一起討論。」艾琳微笑說道。

　　「好的，謝啦。」史丹利開心地道謝。

　　沒想到蜜月期竟是如此是短暫的。

　　史丹利住進去一個多月後，他發現強尼和南茜對他的態度似乎出現微妙的變化。笑容變少了，對話變少了，神情變淡了，招呼變少了。他雖然有些敏銳，但不至於神經質。這種感受，卻很難問出口，畢竟沒有實質例子，只是憑感覺。

　　另外，有件事讓他頗有微詞。他和艾琳有排清洗衛浴的班表，剛開始兩人都照表打掃，但這個月開始，他發現艾琳變得懶散，衛生習慣和以往大相逕庭，輪到她打掃時，有時會忘記，或者隨隨便便的應付了事。史丹利很愛乾淨，看到浴室不乾淨，還是會動手清掃。或許她認為史丹利隔天還再整理，所以做起事來馬馬虎虎。

　　當大家聚餐時，史丹利突然嘆了一口氣。「好景不常啊！」

　　凱希疑惑道：「怎麼了？」

　　「我覺得強尼和南茜對我態度好像變了耶。」史丹利有些煩惱。

　　「你不是說他們很對你很關心，人很友好？」凱希問道。

　　「之前一直是。但最近我覺得他們對我的態度變得不同，強尼看到我總是客套的點點頭，不像之前會噓寒問暖。尤其南茜，變化更大，跟我說話時，變得有點嚴厲。」

　　「你確定嗎？會不會是心理作用？」史迪夫喝完咖啡，忍不住問道。

　　「唉，應該不是。我觀察了一陣子呢。」史丹利肯定地說。

　　「這就奇怪了。那你樓友艾琳呢？他們對她好嗎？」凱希的第六感有一向很準。

「他們對她一樣很好。」史丹利說道。

「之前我們不是去你寄宿家庭參加過派對嗎？所以對艾琳有印象。我記得艾琳人好像不錯。」史迪夫問道。

「說到艾琳，我之前也覺得她人很棒。是個很健談的人，我們常常聊天，她會告訴我很多強尼和南茜的眉角，有時也會抱怨一下。但是，她的衛生習慣最近變得有點糟了，讓人很頭疼。」史丹利想到此，忍不住再次唱嘆。

史丹利把最近發生的事情跟大家說了一遍。

「我覺得你可能要小心艾琳耶。」一直沉默無語的愛麗絲，突然給了建議。

史丹利丈二金剛摸不著頭腦，「她怎麼了嗎？」

「現在解釋不清，我還要想想。總之，你回去之後好好觀察她，對她要有保留，不要再傻呼呼什麼都說。」愛麗絲再次提醒。

史丹利雖然不明所以，但是仍然謹記愛麗絲的建議。

某天，南茜一臉嚴肅地根史丹利說：「史丹利，我們必須聊一聊。」

史丹利一臉茫然，他有做錯什麼嗎？

「史丹利，我不知道你在家的習慣為何，不過規矩就是規矩。或許你父母很寵你，或許你父母將所有事情都料理妥當。但是，有件事必須麻煩你。自己使用衛浴可以請你幫忙打掃嗎？」

「我有啊。」最近衛浴幾乎都是他清理的，他不明白她所言為何。

「顯然不夠。我認為你可以做得更好。」南茜語重心長地說完，搖搖頭離開。

留下一頭霧水的史丹利。

這當中是不是有什麼誤會啊？

這天傍晚，史丹利和朋友聚餐後回家，聽到艾琳和南茜正在後院聊天，由於後門沒關，兩人之間的對話他聽得一清二楚。

艾琳將他們最近聊天的內容告訴了南茜，並且加油添醋。把艾琳自己對寄宿家庭的抱怨，全部推給史丹利。最離譜的一段話是關於衛浴清掃的部分，只見艾琳一臉無奈地說道：「男生本來就不愛清潔，浴室不清理還弄得亂七八糟，我每天都要打掃。以前他還沒來時，也沒這麼多問題。」

南茜嘆了口氣說道：「的確，聽妳最近的描述，他好像有點被寵壞了，性格有點悲觀，非常愛抱怨。如果他這麼不滿意

我們這裡，其實可以老實說，不必到處跟朋友訴苦，讓我們寄宿家庭很為難。」

史丹利聽的瞠目結舌，他何時到處亂說，他對寄宿家庭幾乎都是正面稱讚。艾琳真的太離譜了，簡直是雙面人。人前對他好，人後下毒手。

正當他要衝到後院對質時，突然想到，口說無憑，先按兵不動，想想有甚麼方法可以讓艾琳露出真面目。

讓他不解的是，艾琳為何如此討厭他，兩人之間根本沒有過節，相處時也沒有起過衝突啊。這個謎團不解，就算他離開這個寄宿家庭，他也無法安心呢！

史丹利假裝一如往常，但是當艾琳開始說南茜和強尼壞話的時，他悄悄錄了音，這個舉動對將來釐清真相時或許會有幫助。

真相，終究有水落石出的一天。

某天下午，愛麗絲急忙地打電話給史丹利，約在《喬伯咖啡廳》。

「史丹利，我之前不是提醒你要小心艾琳，我的推論果然是正確的。今天我和凱希喝咖啡時，你猜我看到誰了？」

「該不會是艾琳吧？」史丹利隨口猜測。

「賓果。我們看到艾琳和一個男子走進來，他們邊排隊邊聊天，正在討論你耶。艾琳說你因為太龜毛又碎嘴，和寄宿家長相處不好，應該快搬家了，還說男子應該很快可以搬進來了之類的。」

「你有聽到她怎麼稱呼男的嗎？」

「有，好像叫基諾。」

「啊，果然事出必有因。艾琳上個月交了一個男友，就叫基諾，我們一起吃過一頓飯。」史丹利有種撥雲見日的感覺。

「我們有偷拍了一張照片，你看看是不是這個男的？」

凱希把手機上的照片拿給史丹利看，果然是艾琳和基諾兩人。

「所以，我們兩個剛剛討論了一下，你會被寄宿家庭討厭果然是因為艾琳。因為她想讓男友搬進來，所以想辦法離間你和強尼夫婦，讓你們彼此都不開心和產生誤會，最後你只好搬走，然後基諾就可以順理成章地搬進來了。」凱希說道。

「跟我推測相同。難怪我之前聽過艾琳挑撥離間我和南茜，當時還覺得莫名其妙。」史丹利點點頭。

「現在真相大白。史丹利，你應該好好跟寄宿家庭父母聊聊吧。」愛麗絲希望史丹利能夠好好和強尼和南茜相處，畢竟

史丹利很喜歡居住的環境,地點離學校又近,如果換另外一間,又要再次適應新環境,下一間不見得更好。

三個人討論了一下,做出一個絕佳對策。

史丹利把之前艾琳說寄宿家庭壞話的錄音,拿給艾琳聽,請她自己去請罪並解釋清楚。

「如果三天之內妳不說清楚,我會請學長來這裡把內容翻譯成英文給強尼和南茜聽,而且我會把妳當雙面人的事情公布,並且跟妳男友說,後果自負。」史丹利本來就不是吃素的,畢竟他出國留學前也工作了幾年,一旦知道敵對者是誰,他並不心軟,懂得如何抓住他人的弱點。

艾琳思索了一下,發現自己沒有勝算,於是答應了史丹利的條件。

知道真相的強尼和南茜,向史丹利道了歉,誤會消除後,關係又恢復以往,對史丹利照顧有加。

或許是因為心裡有疙瘩,艾琳不久之後決定搬出去,經過這件事情後,她和男友基諾也漸行漸遠。艾琳或許受到教訓,也洗心革命,在校園見到面時,還主動跟大家打招呼。

一個人如果心機重又愛搬弄是非,不管是人在哪裡,都會被排擠和討厭。如果想成為受歡迎的人物,記住誠實才是上策。

不管詭計如何多端，謊話如何多變，最後邪終究不勝正，做人呢，還是善良一點，才能獲得友誼啊。

後　記

加拿大　蕭瑟的秋天，詩情的楓葉。

夜深人靜，路上已無人煙。

在近郊的一棟別墅內，燈火通明。屋外秋風颯颯，伴隨著動物的叫聲，令人不寒而慄。

古色古香的建築，人云亦云的傳說，讓這種建築物更添神祕的色彩。

咖啡色的帘幔，湛藍色的地毯，古銅雄偉的大門，高貴典雅的外觀。屋內，充滿維多利亞氣息的擺設。

夜是寂靜的。除了鳥叫和蟲鳴，似乎只聽得到呼吸的聲音。

一棟富麗堂皇又帶點陰森氣息的別墅。

《留學生故事社》的成員正在此聚會，大家聚精會神地聽著故事。

八個人講完故事後，周圍突然一陣寂靜。

夜黑風高，涼風陣陣，大家紛紛打了一陣寒顫。

社長亞肯清了清喉嚨，說道：「聽完了八個故事，大家是否意猶未盡呢？但是，現在夜已深沉，我們應該要先回家了。其他的故事，留待下一次聚會再來分享吧。」

大家熱烈鼓掌表示同意。

下一次，會有什麼更精采、更刺激的寄宿家庭故事呢？

《千奇百怪寄宿家庭》，我們下次見。

敬請期待喔！

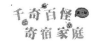

番外篇　難忘小故事

故事之外，人情之中。

在加拿大求學時，住在寄宿家庭約一年左右的時間，遇過不少難忘、荒謬、驚悚或是感人的經歷，歷歷在目，發人深省，因此決定在番外篇，將這些過程紀錄下來，躍然紙上，與讀者分享交流。

第一篇小故事：頑固小琴

小琴剛搬進去寄宿家庭不到一個月，就和寄宿家庭爸爸產生不愉快。

當我們聽完小琴的敘述後，大家一面倒，都覺得是小琴的問題。

原來，小琴搬進去寄宿家庭的隔天，就要出門旅行十五天，因此寄宿家庭的費用還來不及沒付，就出門了。

顯然，未準時付款已經是第一個錯誤了。

旅行回來後，小琴和寄宿家庭表示，因為旅行十五天，並未在寄宿家庭居住，因此她只付半個月的費用，寄宿家庭的父母當然不同意，跟她要剩下的半個月。

　　「小琴，我們簽訂租屋合約後，不管出去旅行幾天，還是要按月付房租，寄宿家庭也是一樣，妳這樣會不會強人所難？」我耐著脾氣和她討論。

　　「但是，我只是放行李，又沒住在裡面，他們不應該收整個月的錢啊？舉例來說，把行李寄放在飯店，費用不是比較便宜嗎？」小琴此時的表情，和我們認識她的時候截然不同。多了一分刻薄，少了一份可愛。

　　小琴雖然平時很節省，但沒想到在這方面，會如此不通情理。

　　「這個例子不一樣吧，飯店和寄宿家庭是不同性質。你在本月一號放了行李，也住進去了，當然要付全額房租。」喬瑟夫也認為付半個月不合情理。

　　朋友都紛紛認為，小琴只付半個月房租過於離譜，寄宿家庭不會接受。即使勉強接受，之後相處必然會有疙瘩，反而得不償失。

　　「我知道這樣是不太合理，但是，我旅行花了不少錢，如果可以在房租方面省一點，我就是賺到。所以，我不會輕易放棄。而且，只要能省錢，我不在乎相處好不好，反正我回家後都待在自己的房間。」小琴固執地認為，她只想付半個月房租，頂多二十天，所以她先給半個月，每天回家都和對方溝通。

結果，小琴和寄宿家庭因為房租問題，不歡而散，最後寄宿家庭請小琴搬家，他們寧願不要這個房客。

搬家是一件很累的事情，尤其一個多月搬兩次家，更是累上加累。

後來，小琴一方面覺得理虧，一方面覺得不想再搬家，於是和住宿家庭父母達成共識，願意付清一個月的房租。意想不到的是，對方竟然提出打了八折，也退給小琴兩成的錢。所以，退一步真的是海闊天空。

很多時候，節省要在對的地方，這種不合情理的要求，最後倒楣的是自己。

第二篇小故事：眼見為憑

留學生剛到時，少不了會迷路。

第一次迷路是抵達寄宿家庭的第二天，天清氣朗，於是臨時決定出門散步。

風景太美，氣候很好，心情正佳，走著走著就迷路了，由於我只帶了寄宿家庭的地址，忘記抄電話，所以沒辦法聯繫。

當時，已近黃昏，心中突然覺得有點恐慌。

　　突然，一個穿著邋遢，衣服破舊的陌生男子問道：「妳怎麼了？臉色看起來不太好。」

　　「我迷路了。請問你知道這裡怎麼走嗎？」雖然有點擔心對方的意圖，但是我還是拿出地址詢問。

　　男子畫了一個簡易地圖，我才發現走錯方向，幸好有這陌生人的幫助。

　　走了一會後，突然有點害怕，因為我發現這條街道，似乎只有我一個人。倏地，我發現背後傳了腳步聲。

　　還有其他人，頓時放下心中大石。然而走了兩條街後，腳步聲依舊在背後出現。

　　太巧了吧。

　　我拿起鏡子假裝整理頭髮，順便偷看背後的人是誰。沒照還好，一照讓人嚇一跳。

　　沒想到，竟然是剛剛那個「陌生人」。

　　難道他在跟蹤我嗎？

　　我莫名其妙地開始奔跑，後面的人也跟著開始跑。

　　一些可怕的想法在腦還中浮現，雖然不想懷疑他人，但在這個只有我倆的路上，想想還是挺可怕的。

跑了一陣子，雖然很累，但是恐懼讓人腎上腺素發達，終於看到寄宿家庭附近的商店招牌。

太好了。

我停止跑步，冷不防地轉頭一看，那個人近在咫尺。

正當我想大叫時，他突然開口說話了，「妳家地址應該在這個商店的後面，走進去右轉就到了。」

「你為何跟著我？」我一臉茫然。

「因為天色漸暗，我擔心妳一個女孩子在街上如果又迷路，會有危險，所以想跟著妳回家，比較安全。」對方露齒一笑。

「太謝謝你。」我又感激又尷尬。

「沒事，安全就好。」陌生人微微一笑。

「你等我一下。」我迅速跑入小商店。

「好。」男子一臉疑惑。

「請你吃冰，謝謝你。」我遞給他一盒哈根達斯。

「哈哈。我也該回家了。」陌生男接過冰淇淋，揮揮手消失在夜色中。

　　這是一次感動的經歷。我們兩人素昧平生，他卻因為擔心我的安危，而默默在旁邊。人間處處有溫情，如果在心有餘力的情況下，請適時給予他人幫助。

第三篇小故事：富有的他

　　留學時，真正有錢的人，可能是最樸實的人。

　　學校轉來一個新生史恩，穿著襯衫牛仔褲，學生常見的打扮。不過，外表看得出來，應該是而立之年。

　　由於他英文並不流利，基於同學情誼，作業和報告我會盡力幫忙，考試之前會幫他複習，漸漸彼此變得熟悉，常常一起喝咖啡，吃飯或外出遊玩。我也邀他加入我們的聚會，認識新朋友。某個「勢利眼」女同學吉蒂，認為他英文普通、學習不佳、穿著一般，車子也不貴，私底下要我不要花時間理會他。

　　「他感覺很窮酸耶，這種一看就是工作好幾年，為了留學拼命存錢，感覺生活很苦，說不定還會跟妳借錢。」吉蒂一臉輕蔑。

　　「自己賺錢很棒啊。妳不要以貌取人，隨意批評他人。」我嚴肅地回應。

直到有一天，我和史恩聊到家庭時，才知道他實力雄厚，光在加拿大，他有三台車可以使用。最普通的那台，就是上學時使用。

當然，他希望我保守這個祕密，他只想當個認真的學生。

因為要考駕照，這位同學大方地把車借我練習，然後我也「不負眾望」的把車撞壞，只好送到修車廠，因此他上學只能開另外一台跑車。當吉蒂看到時，馬上跑來，希望我約史恩出來，三人一起晚餐，順便「進一步」認識。

她判若兩人的樣子，讓人印象深刻。

吉蒂和我交情並不深，但她不斷地請我幫忙，我不忍心拒絕。當我約史恩吃飯，並告知吉蒂也會出現時，他只是淡淡地說道：「跑車真好用。」

我訝異地看了他一眼，果然出過社會幾年，識人的能力不容小覷。

雖然他一開始拒絕，但為了不讓我難做人，還是赴約。

這頓飯，讓人臉上三條線不斷。

「史恩，之前因為我比較害羞，所以沒有主動開口和你說話，你不會見怪吧。」吉蒂溫柔婉約地說道。

「不會。我已經見怪不怪。」史恩半真半假地回應。

或許史恩反應冷淡，因此吉蒂安靜了幾分鐘。

當我們聊到車子時，吉蒂突然插話。

「對了，除了這兩台車，你還有其他車嗎？你在加拿大有買房子嗎？你爸媽是開公司的嗎？」

這一連串的問題，讓人啞口無言。在不熟的情況下，似乎有點無理。

史恩冷淡回應道：「我的家庭沒啥好聊的，我們聊聊有趣的事情吧。」

看到吉蒂失望的臉，我突然有點同情。

這次之後，吉蒂有了史恩的電話，之後也不需要透過我聯繫。

然而，聰明的史恩，清楚吉蒂的想法，一次也沒和她出去過，避免以後的麻煩。

這是我第一次強烈感受到人會因為對方的家世不同，而出現如此勢利的行為。

戴著有色眼鏡看人，這種事情常常發生在日常中。

很多人會因為對方的穿著打扮，而給予不同的評價和回應。

譬如有些人看到穿名牌的人和穿著一般的人，態度會迥然不同。這種行為應該避免，畢竟人的品格才是最重要的。

有人崇尚名牌，覺得穿著打扮要昂貴，才是上流人。有個男同學，是名牌崇尚者，講話內容有一半都離不開名牌。他總是說名牌代表一個人的身分，看到穿著比較普通的同學，他常會一副「曉以大義」希望對方注意穿著，批判他人的打扮。大家剛開始勉勉強強的回應，最後都受不了而紛紛走避，甚至表現出討厭的模樣。

生活中因為偏見而做出錯誤判斷，或是產生誤會的例子不在少數，必須好好反省思考，努力讓自己成為維護公平的人。

第四篇小故事：各付各的

假日時，相約一起吃大餐，討論吃哪國料理，到哪裡遊玩，是留學生的小確幸。

我們幾個好友吃飯的方式是，一人請一頓。然而，有個同學布萊恩特別愛請客，常常偷偷買單。很多人羨慕我們幾個人的感情，可以分享且不斤斤計較。

有天，我們幾個朋友下課時準備要去大快朵頤，在停車場準備開車時，一個不熟的同學羅伊，突然出現，攔住我們。

「我有個不情之請，因為我常常一個人自己吃飯，覺得很孤單。看到你們幾個好朋友一起吃飯，開心愉快，我覺很羨慕，所以今天可不可以讓我加入你們？我不想再自己一人吃飯了。」

當下我們覺得拒絕太殘忍，反正多個人氣氛也會更熱鬧。

於是，幾人浩浩蕩蕩去吃港式飲茶。

然而飲茶不方便各付各的，於是布萊恩說道：「這頓我先付，你們一人付我十元加幣就可以了。」

羅伊和我們一起吃了三次飯後，我們發現羅伊很健談，互動不錯，說不定可以成為我們聚會的一員。但是，有個問題是，他對於金錢似乎很不在意。不知道是忘記還是有其他原因，他並沒有把錢給布萊恩，他也不好意思向羅伊收錢。

我們有人提醒羅伊記得把飯錢給布萊恩，他點點頭說道：「放心，晚上領錢就會給布萊恩。」

但是，幾天過去了，布萊恩只收到「風聲」。

我們提醒布萊恩記得去收錢，但是他臉皮薄，總是覺得羅伊一定會自己來付錢。某次聚餐時，我們選擇中式餐廳，羅伊又突然跑來，之前我們私底下討論過，如果羅伊再突襲，我們就各付各的，要當場先付錢，不能讓布萊恩先去買單。

這次聚餐，羅伊點了炒飯、糖醋里肌和冰咖啡，但因為他想吃布萊恩點的檸檬雞肉，於是他用一半的炒飯和布萊恩交換。

當買單時，羅伊又不動如山，說道：「你算算每人要付多少，我再給你。」

布萊恩說：「可以請你現在付嗎？我今天現金不夠。」

當然這也是之前討論過的說詞，因為布萊恩還有信用卡可用。

羅伊一聽，馬上變臉說道：「這樣的話，炒飯你要幫我付一半的錢，因為我分你一半。還有，咖啡你也喝了三分之一吧，所以我只要付三分之二的錢。」

布萊恩聽完後，忍不住笑了一聲。

大家也覺得荒謬，之前我們從來沒有算得這麼精細，讓人傻眼。

「算得太細了吧？」布萊恩開玩笑說道。

「不是，我是就事論事，並沒有占你便宜。而且是你先跟我算錢的，愛計較的是你。」羅伊義正嚴詞地回答。

這番話，讓大方的布萊恩氣炸了，因為第一次有人說他「愛計較」。

布萊恩忍不住脫口而出：「這樣的話，可以麻煩你把前幾次的飯錢也一起付了。」

「我今天現金不夠，明天再給你。」羅伊原本盛氣凌人，一聽到前幾次的帳要一起算，整個人變得毫無氣勢可言。

經過這次後，羅伊再也不跟我們出去吃飯。

後來，布萊恩在偶然的機會下知道，因為羅伊知道布萊恩很豪爽，常常請吃飯，所以才會故意加入我們的聚會，想省飯錢。

沒想到，第四次就讓羅伊付到錢，讓他氣呼呼，再也不和我們一起吃飯。

當我們聽到這個消息時，都大笑不已。

計算者，人恆算之。

我們是因為友情，不錙銖必較，不是因為免費，而讓大家凝聚在一起。羅伊的想法大錯特錯，因此很難交到知心好友。

留學過程中，還有許多歡笑、淚水、難忘和驚奇的經驗，這些都是成長的養分，讓人更加成熟茁壯。讀書讓人有知識，生活讓人有智慧。

寄宿家庭的故事不勝枚舉，有歡笑、有悲傷、有驚嚇、有收穫，都是回憶的點點滴滴。

千奇百怪寄宿家庭，還有什麼其他精彩的故事呢？

我們下次見喔。

國家圖書館出版品預行編目資料

千奇百怪寄宿家庭（第一部）／雪倫湖　著. —初版.—
臺中市：天空數位圖書　2020.09
面：公分
ISBN：978-957-9119-89-4（平裝）

863.57　　　　　　　　　　　　　　109014327

書　　　　名：千奇百怪寄宿家庭（第一部）
發　行　人：蔡秀美
出　版　者：天空數位圖書有限公司
作　　　者：雪倫湖
編　　　審：亦臻有限公司
製 作 公 司：龍圖有限公司
出 品 公 司：傑拉德有限公司
版 面 編 輯：採編組
美 工 設 計：設計組
出 版 日 期：2020 年 09 月（初版）
銀 行 名 稱：合作金庫銀行南台中分行
銀 行 帳 戶：天空數位圖書有限公司
銀 行 帳 號：006-1070717811498
郵 政 帳 戶：天空數位圖書有限公司
劃 撥 帳 號：22670142
定　　　價：新台幣 270 元整
電子書發明專利第　Ｉ　306564 號

紙本書編輯印刷：
電子書編輯製作：
天空數位圖書公司　E-mail：familysky@familysky.com.tw　http://www.familysky.com.tw/
地址：40255台中市南區忠明南路787號30F國王大樓　Tel：04-22623893　Fax：04-22623863